Hallo und herzlich Willkommen im Buch des Friesen!

Hello and a warm Welcome to the Book of the Freezen!

Allo e Bienvenunti tunti nel Libro dello Friseuro!

Omsk tomsk Willkomsk in Librisk Fibrisk!

Iss voll korrekt, Alder, dassu hast eingecheckt in diesem ultrahartem Box da!

Wir wünschen Ihnen viel Vergnügen mit dem vielseitigen Angebot von und mit Otto!

We wish you a whole lotta laughs with the disastrous mixture made by Mr. Otto!

Vissiamo voi molto crawallo con i tuttifrutti infantilissimi del Signor Ottilio!

Wisky wodka macho Spassky da Supermisti Gagspodin Otto Ottilowitz!

Kannssu mal voll ablache auf dem vollfrischem Shit von dem oberenkrassem Oddo!

Worauf warten Sie noch? Jetzt umblättern bitte!

What are you waiting for? Turn around now or never!

Non aspettare! Sblettare necessario est!

Uri-uri, njet! Bledumsk, Bledmansk!

Mussu umschlagen oder brauchssu Navigationssystem?*

** das befindet sich ganz hinten in diesem Buch und nennt sich Inhaltsverzeichnis!*

TALKSHOWS

Mein idealer Lebenszweck:
Ich gucke alle Talkshows weg!

Vera, Sonja, Arabella,
Reden schnell und immer schneller!
Geben mir an Vormittagen
schon Antwort auf die letzten Fragen:

Stammt der Mensch vom Affen ab?
Stumpft das Kind vom Gaffen ab?
Schafft der Papst die Pfaffen ab?
Gewöhnt sich Gott das Paffen ab?
Legt man im Bett die Waffen ab?
Wie lang ist ein Giraffengrab?
Wie schnell geht der Schlaraffentrab?
Wo werden die Karaffen knapp?
Macht die Frau beim Schaffen schlapp?
Was tun, wenn ich 'nen Schlaffen hab?

Der Nachmittag stimmt mich dann heiter,
Gottseidank, der Talk geht weiter!

Mit Schäfer, Christen, Fliege, Meiser,
Werd' ich zügig immer weiser.
Ja, das sind doch meine Themen!
Ich flipp aus bei den Problemen:

Vati säuft – soll ich mich grämen?
Mutti strippt – und das in Bremen!
Soll ich auswandern nach Yemen?
Oder neue Eltern nehmen?
Soll man S-s-s-prachfehler verbrämen?
Oder nicht zur K-k-k-enntnis nehmen?
Darf man Tote noch vernehmen?
Oder führt das zu Ekzemen?
Muß ich mich für Dünnpfiff schämen?
Oder mir den Arsch eincremen?

Doch das ist längst noch nicht die Krönung
Nachts krieg ich die volle Dröhnung!

Bei Feldbusch und bei Lilo Wanders,
Wird dem Ottili ganz anders.
Denn bei deren späten Gästen,
Weiß ich ja: das sind die besten!

Paare, die sich drangsalieren,
Brüder, die sich duellieren,
Schwestern, die sich teilrasieren,
Omas, die sich tätowieren,
Um die Jungs zu stimulieren,
Schniedel, die den Wutz massieren,
Penner, die noch promovieren,
Punks, die Kirchen tapezieren,
Sprayer, die sich selbst beschmieren,
Rentner, die den Kiez regieren,
Und bereits nach zwanzig Bieren,
Quer durchs Studio randalieren,
Und zuletzt auf allen vieren,
In die Nacht hinaus marschieren ...

Ja! Das war ein Talkshow-Tag,
Wie ihn Otti gerne mag.

LIVE vom FELD

Harry Hirsch und:
DER TOR DES JAHRES

Aus dem Nürnberger Krankenstadion meldet sich jetzt unser Reporter Harry Hirsch mit der Stussphase des Spiels gegen den FC Bayern München …

Ja, meine Damen und Herren,
hier steht es drei Minuten vor dem Abpfiff immer noch 0:0. Aber das Ergebnis hätte ebenso gut umgekehrt lauten können. Und das verdanken wir vor allem dem viel gerühmten Sturm der Bayern.

Wo sich heute Abend einer besonders viel vorgenommen hat: der **Obersturmführer Carsten Jancker**: Der Eierkopf **'The Brain'**, wie ihn seine Feinde zärtlich nennen. Der **Carsten** geht jedem Zweikampf geschickt aus dem Weg, meidet Ball und Gegner gleichermaßen gekonnt, kein Schritt zu viel, das ist seine Spezialität. …

Doch jetzt ein Dribbling von **Spielmacher Machmit Scholl**, bei dem er immerhin drei Mitspieler elegant austanzt – vielleicht sollte er das Ganze auch einmal mit Gegenspielern versuchen.

Doch **Scholl** sucht seinen Mittelstürmer, er passt schulmäßig auf Jancker, der steht völlig frei, eine einfache Körpertäuschung und auch dieser Ball ist ihm wieder so was von am **Arsch** vorbei gegangen. …

Das könnte die Vorentscheidung bringen: Denn auch ohne Ball dringt der Sturmtank jetzt unwiderstehlich und zum Letzten entschlossen in den eigenen Strafraum ein. Die Münchner Abwehr steht diszipliniert Spalier, nur Torhüter **Oliver 'Dschinghis' Kahn** versucht **Carsten** durch bayerische Urlaute zu einer Richtungsänderung zu bewegen. Umsonst!

Der lässt sich nicht beirren, strebt weiter dem eigenen Tor zu – und da: Ein leichter Zupfer vom eigenen Manndecker **Omas Linke** – und schon lässt **Jancker** sich gekonnt fallen. Seit **Super-Mario Faslers** beliebter 'Sehnenzerrung im Raucherbein', hat man solch eine brillante Fallstudie auf deutschen Fußballfeldern nicht mehr gesehen. …

Aber **Carsten** setzt noch einen drauf: Mit letzter Kraft erhebt er sich noch einmal, zerfetzt sich selbst das Trikot und gebietet mit einer straffen Handbewegung Schweigen. Mit dem Stoßseufzer: „Du grüner Rasen, trink mein Blut!“ lässt er sich wieder zu Boden sinken und schreit … nach seiner Mutter. **Masseur Müller-Vorfahrt** eilt aufs Spielfeld, **Carsten** tastet tränenblind sein Gesicht ab: „Bist meine Mutter nit.“ …

Diese bittere Erkenntnis lässt ihn nun seine Taktik ändern: Er kriecht auf den Schiedsrichter zu, umklammert dessen Beine und stößt die Worte hervor: „Sagen Sie mir die Wahrheit, Herr Professor Brinkmann, ist es Aids? … Oh fein! Die passende Frisur habe ja ich schon …“

Doch selbst sein hartgesottener **Trainer Ottmar Hitzkopf** schämt sich seiner Tränen nicht, als sein Mittelstürmer ihn mit brechender Stimme bittet, von Kranzspenden abzusehen und ihm lediglich ein schlichtes Seemannsgrab zu bereiten. …

Als **Carsten** schon weit in der Nachspielzeit mit den unsterblichen Worten **Andi ‚Schwalbe‘ Möllers** endet: „Sagt Mutter, ’s ist Elfer!“, ist es ruhig geworden im weiten Rund des Krankenstadions. Hier weiß jeder, dass eine Steigerung nicht denkbar ist. Elfmeter für ein Foul vom eigenen Mann im eigenen Strafraum und ohne Ballbesitz: Das wird in die deutsche Fußballgeschichte eingehen:

„Der Tor des Monats“ – dieser Titel ist Carsten Jancker nicht mehr zu nehmen. Mal abgesehen davon, dass auch niemand scharf darauf ist.

Schönen … guten … Abend.

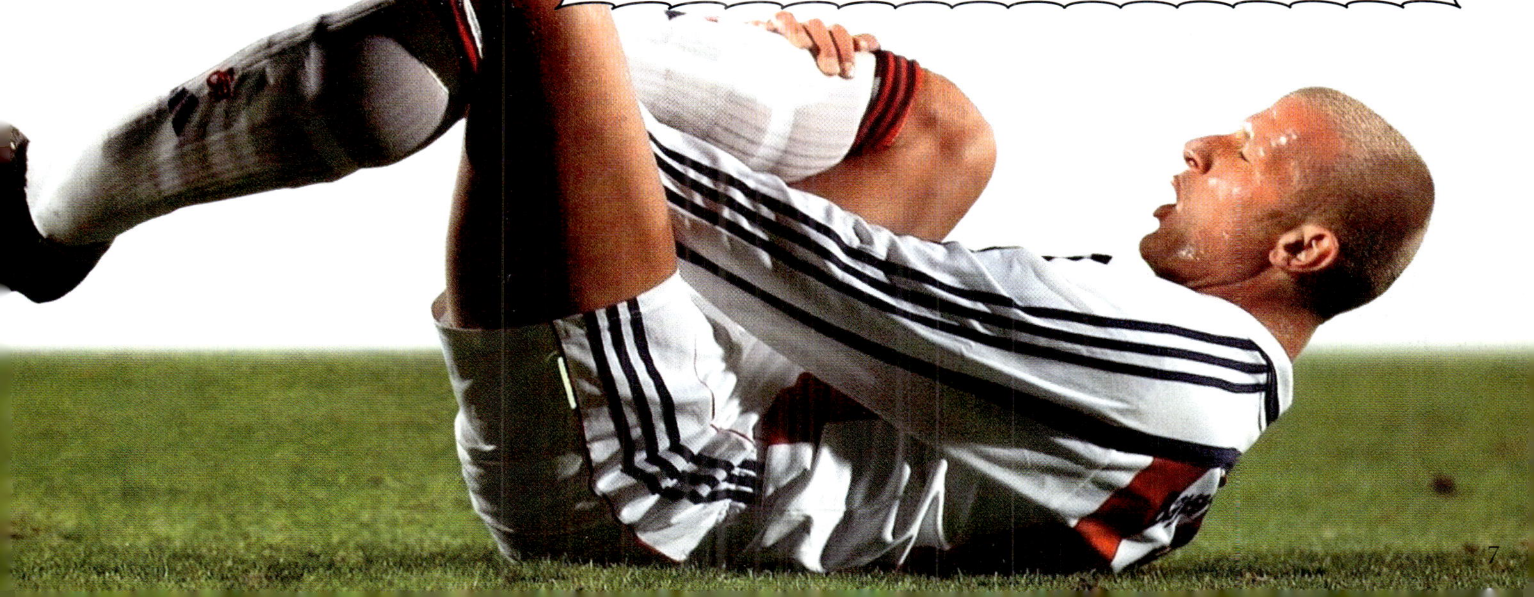

WER WIRD

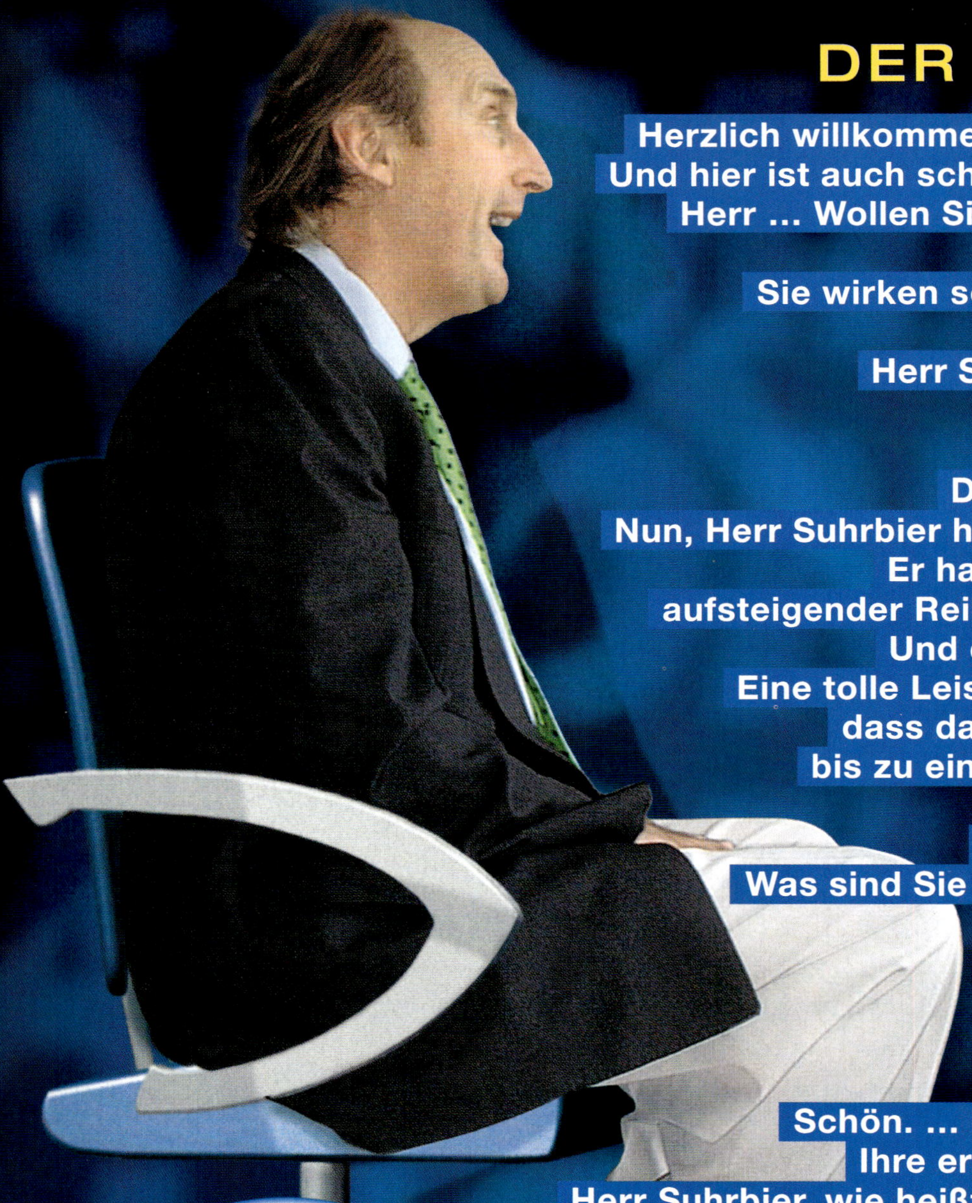

DER QUIZMASTER

Herzlich willkommen bei ‚Wer wird Millionär'!
Und hier ist auch schon unser erster Kandidat:
Herr … Wollen Sie sich selbst vorstellen …

Sie wirken so nervös, Herr Suhrbier …

Herr Suhrbier, nehmen Sie etwa irgendwelche Drogen?

Das sollten Sie vielleicht …
Nun, Herr Suhrbier hat es jedenfalls geschafft: Er hat die Zahlen von 1 bis 4 in aufsteigender Reihenfolge richtig geordnet. Und das in nur 50 Sekunden … Eine tolle Leistung, wenn man bedenkt, dass das menschliche Gehirn nur bis zu einem Drittel genutzt wird …

Das ist in Ihrem Fall egal.
Was sind Sie von Beruf, Herr Suhrbier?

Wie bitte?

Sie sind also Pförtner.

Schön. … Herr Suhrbier, hier kommt Ihre erste Frage, ganz einfach … Herr Suhrbier, wie heißt Ihre Frau mit Vornamen?

Wie heißt Herrn S

• A: Herzlich willkommen

• C: Frau Suhrbier

MILLIONÄR

HERR SUHRBIER

Ich ... äh ...

Ich ... äh ...

Ich? Ne ...

Und was ist mit dem anderen Drittel?

Äh ... Zuhälter!

Na, ja, ich halte Türen auf und zu.

Die Antwort ist richtig.

Vornamen? Meine Frau?

rbier seine Frau?

• B: Mutti

• D: Holmirmaneflaschebier

SUHRBIER Herzlich willkommen … ne … oder … Ich wusste: das ist nicht mein Spezialgebiet!

Q-MASTER Schauen Sie mich nicht so an, Herr Suhrbier, mein Gesichtsausdruck wird Ihnen nichts verraten!

SUHRBIER Meiner Ihnen auch nichts.

Q-MASTER Ich muss ja auch nicht antworten, Herr Suhrbier! Herr Suhrbier – wollen Sie vielleicht einen Joker nehmen! Sie wissen ja, Sie haben drei Joker: den Fiftyfifty-Joker, den Publikumsjoker oder Sie können einen Experten anrufen …

SUHRBIER Ja, gut, ich nehme einen Joker.

Q-MASTER Und welchen?

SUHRBIER Das verrat ich nicht.

Q-MASTER Herr Suhrbier!

SUHRBIER Okay, dann nehme ich mal den Publikumsjoker.
Wenn die schon mal alle da sind …

Q-MASTER Das ist gut! Den Publikumsjoker für Herrn Suhrbier! Fragen wir das Publikum …

Q-MASTER Tja, Herr Suhrbier, das Publikum meint D – werden Sie sich der Mehrheitsmeinung anschließen?

SUHRBIER D … das kann nicht sein: Holmirmalneflaschebier, so heißt doch mein Sohn!

Q-MASTER Sie haben noch zwei Joker …

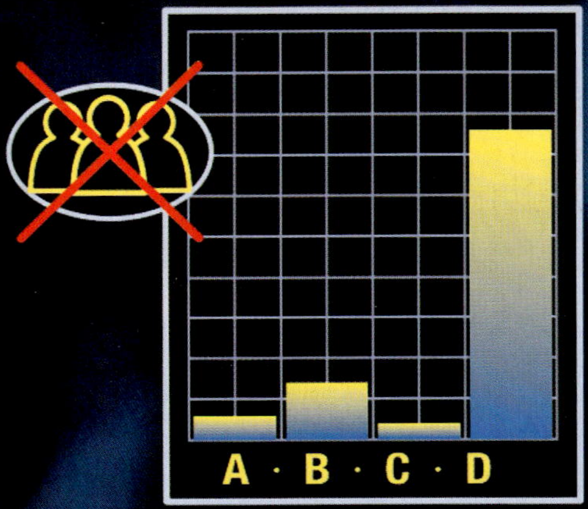

SUHRBIER Okay, dann eben einen anderen, den 50:50 Joker!

Q-MASTER Gut, der Computer wird jetzt zwei Möglichkeiten eliminieren. Unter den beiden, die übrig bleiben, befindet sich die richtige Antwort! …

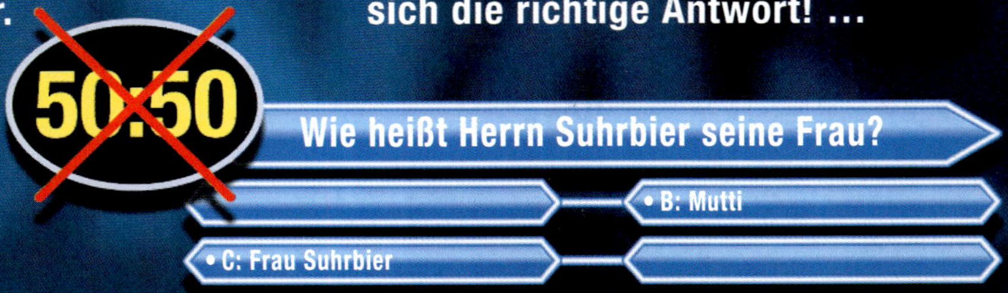

SUHRBIER Oh … verdammt … Ich glaub, es ist C … oder B?

Q-MASTER Ist das Ihre endgültige Antwort?

SUHRBIER Ne, ne … kann ich die beiden anderen Antworten noch mal sehen?

Q-MASTER Aber Herr Suhrbier, die waren doch falsch!

SUHRBIER Ach so.
Dann nehm ich noch einen Joker …

Q-MASTER Den Telefonjoker?

SUHRBIER Ne, lieber noch mal denselben: 50:50!
Denn was dann übrig bleibt …

Q-MASTER Herr Suhrbier! Wir müssen uns an die Regeln halten! Entscheiden Sie sich bitte! Entweder Sie antworten jetzt oder …

SUHRBIER Ich nehme das Geld!

Q-MASTER Welches Geld? Sie haben doch noch gar keins!

SUHRBIER Dann nehm ich den Joker mit dem Telefon da!

Q-MASTER Bitte. Und wen wollen Sie anrufen?

SUHRBIER Meine Frau natürlich, die muss es ja wissen … Die hat nämlich ein ausgezeichnetes Namensgedächtnis.

Q-MASTER Ganz schön clever, Herr Suhrbier, bitte! Sie haben 30 Sekunden und: Die Zeit läuft …

Tüüt … tüüt … tüüt …

KIND Hallo!

SUHRBIER Hallo, hier ist der Pappa!

KIND Hallo, Pappa!

SUHRBIER Hol mal ganz schnell die Mutti … Es geht um 100 Mark!

KIND Die Mutti hat doch nie Geld.

SUHRBIER Eben. Deswegen sitze ich ja hier.

KIND Wo denn?

SUHRBIER Im Fernsehen.

KIND Oh, bin ich auch im Fernsehen?

SUHRBIER Du doch nicht! Nun mach schon: Hol Mutti!

KIND Okay … *[Schritte gehen]*

SUHRBIER So ein doofes Kind – woher hat es das nur …?

Q-MASTER Das dürfen Sie mich nicht fragen. Herr Suhrbier, Ihre Zeit läuft! Noch 15 Sekunden!

[Schritte kommen]

KIND … Hallo?

SUHRBIER Ja? Was ist denn? … Ist die Mutti nicht da?

KIND Doch. … Aber die liegt mit einem Mann im Bett.

SUHRBIER Was!? Das ist doch … Pass auf: Du nimmst jetzt Pappas Gewehr und schießt die beiden tot!

KIND Okay …

[Schritte gehen, zwei Schüsse fallen, Schritte kommen]

KIND Und nun?

SUHRBIER Jetzt nimmst du die beiden und schmeißt sie vom Balkon!

KIND Aber wir haben doch gar keinen Balkon.

SUHRBIER Oh … Entschuldigung: Falsch verbunden!

BERGDOKTOR

Mei, ist das wieder Hochgebirgsbetrieb in meinem Wartezimmer: haufenweise Patienten! Ach, was sag' ich: bergeweise! Schließlich bin ich ja der Bergdoktor, Professor **Watzmann**.
Und dauernd geht das Telefon … *(Rrring!)* … Was sagen Sie? Die **Alpen** glühen? … Na, dann schalten Sie eben den **Brenner** aus!

Der Nächste bitte! … Ich sagte ***der*** Nächste! Das ist mir egal, ob Sie das **Siebengebirge** sind – bei mir wird einzeln eingetreten! … Und welcher **Ochsenkopf** kommt da die **Karwendel**treppe hoch? Der **Effenberg**? Sind Sie das erste Mal bei mir, Stinkefinger? Diese Berge! Ich weiß noch, wie hier letzte Woche der **El-sass** … Der hatte

WATZMANN

seinen Schlafanzug **Vogesen**! Der war weg: **Fudjijama**! Und dann kam einer: Total **Mont Blanc** und ohne **Karawankenschein**! Kein Wunder, dass ich mir keine **Eiger**tumswohnung leisten kann und so **Dolo-Miten** hier zahlen muss! Ja, **Himalaja**rsch und Zwirn! Leckt's mich doch am **Popocatepetel**! … Apropo **Popocatepetel**! Ich muss den **Mönch** noch anrufen und ihm sein Untersuchungsergebnis mitteilen … Herr **Mönch**, hier Bergdoktor **Watzmann**, also, ich muss Ihnen mitteilen: Ihr **Kaiserstuhl** ist bei **Gott-hardt**! … Ja, das hat die **Ural**probe ergeben … Wir haben Ablagerungen gefunden: Riesen-**Brocken**! … Was? … Nein, da helfen keine **Gletscher-Spalt**-Tabletten!

… Da kann ich ja nur **Appalachen**, Sie Sch**erzgebirge**!
Ja, die sind schon komisch, diese Berge: Da heißt es doch die **Berg-Wacht**, aber der **Berg Ruft**! Wer ruft da schon wieder an? Was? … Der **Stromboli** ist schon wieder ausgebrochen? Sofort wieder einfangen, den Schlingel! Ab mit ihm in die geschlossene Nichtraucherabteilung! Ohne Wenn und **Lava**! …
Diese rauchenden **Vulkane**! Das ist doch ungesund! Oh, eben fällt mir ein: In **Ätna** einer Stunde kommt meine **Karpaten**tante **Lawine** zu **Vesuv**! … Und ich habe noch nicht mal den **Underberg** kalt gestellt! Na, dann gibt es eben einen **KaKaukasus** und einen frischgepressten **Appeninen**-Saft!

Schau nicht so gierig, **Hindu**, sonst gibt's was auf den **Hunsrück**en! Also: **Hindu Kusch**! Ich muss jetzt noch einen **Steinbruch** schienen, zwei **Sessel-Lift**en, drei **Pyrre-näen** und vier **Harz**-Transplantationen durchziehen. … So viel Arbeit!
Es ist zum Ver**Eifel**n …
Wie soll das alles **Anden** …
Seht ihn an den Doktor, auf der Zugspitz hockt er, nimmt sein Matterhorn, macht Krach, legt die Rocky Mountains flach …

Mein Gott, bin ich blau!
Blau? Ich weiß genau, was sie getrunken hat ...
Diesen Rotwein!
Klar! Weil der so schön rot macht!
Deswegen trinke ich auch nur Grauwein ...
Rotkäppchen
Rot-mild
Mein Gott, bin ich rot!
Er sollte nicht so viel Rotwein trinken ...
So, jetzt probier' ich auch mal einen Schluck von diesem Zaubertrank!
Die Wirkung ist doch verblüffend, oder? Ja, Rotkäppchen Sekt, der schmeckt!
DER ZAUBERTRANK

DICH SINGE ICH OSTFRIESLAND

Mein Hohes Lied auf ein plattes Land

Ostfriesland, wo liegt das überhaupt?

Ich werde oft gefragt: Ostfriesland – wo ist das überhaupt? Nun stellen wir uns die Erde zur Abwechslung mal als eine Kugel vor … Schön. Und nun fangen wir uns eine Fliege … Ham wir? Gut … Und nun drehen wir die Kugel um die eigene Achse – also um die Achse der Kugel natürlich, nicht um unsere eigene. Und halten die Fliege über die Erdkugel, »Oh, mein Gott!«, denkt sich jetzt die Fliege: »Ich fliege viel zu hoch! Hilfe! Hilfe!« Aber nun hören Sie doch mal auf Fliegen zu ärgern! Pfui! Die macht sich doch vor Angst in die … Da ham wir's! Sehen Sie!? Und wo der Fliegendreck hingefallen ist, da liegt Ostfriesland! Aber weshalb liegt Ostfriesland eigentlich hier oben im Westen?

Ich habe auch diese Frage oft gehört – eine gute Antwort weiß ich immer noch nicht. Nur so kann ich mir dies Phänomen erklären: Weil hier die Ostfriesen wohnen. Sie wollen einfach nicht weg hier – und sonst wollte wohl keiner hierher.

Und das hat damit zu tun, dass in Ostfriesland die Häuser so klein und die Dächer so niedrig sind. Das erklärt sich aus der ostfriesischen Geschichte.

Wollen Sie die wirklich hören? Also gut: Wir Ostfriesen haben schon immer hier gelebt, in Ostfriesland. Seit es uns gibt! Schon die Römer wollten uns von hier wegekeln – aber wir sind standhaft geblieben. Auch die folgenden Moden, Völkerwanderung und so weiter haben wir Ostfriesen nicht mitgemacht. Uns gefiel das hier, egal, was die anderen sagten, denen wir nicht gefielen. Und um die abzuschrecken, haben wir unsere Häuser so klein und niedrig gebaut … Eine ganz raffinierte optische Täuschung war das! Denn je kleiner das Haus, desto größer wirken die Bewohner! Wenn also mal wieder ein Eroberer kam und aus einer dieser niedrigen Türen trat ein Friese …Da schrie der Eroberer: »Oh Gott! Ein Riese!« Und weg war er. Raus aufs Meer, dahin, woher er gekommen war.

Aber wo kommt das Meer her?

Das Wasser kommt vom Horizont und bewegt sich gerne Richtung Küste. An dieser Küste, da hört Ostfriesland schon wieder auf und die Nordsee fängt an.Und dahinter: Das Meer, die Unendlichkeit, das blaue Elend!

Schauen wir uns noch einmal unsere Weltkugel an. Wissen Sie, was mir bei dieser dicken kugelrunden Figur einfällt? Dass Bewegung überhaupt nicht schlank macht. Die dreht sich nun … und dreht sich und … Was fällt Ihnen noch auf? Richtig: Nur ein Bruchteil der Erdoberfläche ist von Kontinenten bedeckt.

Den Rest verdecken Wälder, Auen, Wiesen, Tiere, Menschen und Frauen. Und was dann noch übrig bleibt, ist mit Wasser bedeckt. Und das ist verdammt viel Meer. Aber noch etwas gab es bereits vor 4000 Jahren: Menschen. Und was wollten diese Menschen? Sie wollten sich das Meer untertan machen.

Zunächst versuchten sie es auf die weiche Welle: »Weiche, Welle, weiche, weiche!« Dann wurden sie deutlicher: »Kusch dich, du blauer Gesell! Gischt, Gischt, wenn ich dich derwischt! Schaum,

Schaum, gleich wirst du verhaum!«
Sie merken schon, die Reimgesetze waren vor viertausend Jahren noch nicht so streng wie heute.

Unsere Vorfahren versuchten zunächst mal verbal, das Meer zu zähmen. Als jedoch mit gutem Zureden nichts zu machen war, traten sie nach ihm. So entstanden Ebbe und Flut. Jedes Mal, wenn sie getreten hatten, wich das Meer zurück, und wenn morgens die alten Friesen auf ihre Deiche traten und nicht genau wussten, ob das Wasser auf- oder ablief, dann fragten sie sich: »Is dat nu Ebbe oder Flut? Oder Watt?« Und deshalb wird das Stück zwischen Meer und Land eben Watt genannt.

Wozu brauchten unsere Vorfahren denn das Meer?

Sie stellen vielleicht Fragen! Wohl noch nie was von christlicher Seefahrt gehört! Aber wie ging es denn nun eigentlich los mit der christlichen Seefahrt? *Das* ist eine gute Frage, denn zur Erklärung gibt es zwei Versionen.

Die erste ist eine alte griechische Sage, die uns Folgendes erzählt: In einer rauschenden Septembernacht erschien dem griechischen Erfinder Klaus Trophobos von Korinth der Meeresgott Poseidon in Gestalt eines mythischen Dreizacks und sprach also zu ihm: »Also. Äh …Klaus Trophobos ich habe dich dazu ausersehen, das Boot zu erfinden, und zwar zack zack zack …« »Oh, mythischer Dreizack«, sprach da Klaus Trophobos. »Warum denn immer ich? Ich habe doch schon den Fahrstuhl erfunden.« »Ach so, ich vergaß«, entsann sich Poseidon: »Na, dann mach dich mal an die U-Bahn.« Der Rest ist bekannt besonders unter unseren Platzangsthasen.

Die andere Version über die Einführung der Schifffahrt, klingt kaum weniger unwahrscheinlich: Der unbekannte Urmensch Uli sagte eines Tages zu seiner Gemahlin: »Mir ist neulich meine Badewanne ins Wasser gefallen. Und was soll ich dir sagen …« »Kein Wort«, sagte seine Frau, »mach weiter und putz dir auch die Zähne!« Und so wurde das Boot geboren.

Aber richtig schön wurde die Schifffahrt erst, als die Phönizier auf die Idee kamen, das Wasser aus den Badewannen rauszulassen. Da entstanden Pfützen, Lachen und Seen und schließlich die Binnenschifffahrt.

Und das Meer? Fragen Sie mich jetzt. Wozu braucht man dann noch das Meer? Das Meer, meine Freunde, erfüllt eine wichtige ökologische Funktion. Wo anders als im Meer sollten wir zum Beispiel die ganzen alten Schiffswracks unterbringen, die, lägen sie am Lande, das Auge beleidigen und den Verstand zum Wahnsinn treiben würden? Und überdies: Wohin mit Fischen, Algen und Korallen?

Und vor allem: Wohin mit den Inseln? Zum Beispiel mit unseren Ostfriesischen Inseln: Borkum, Juist, Norderney, Baltrum, Langeoog, Spiekeroog und wie sie alle heißen.

Ja, da kommen Sie ins Kübeln – pardon: Grübeln: Könnte man die nicht ins Meer … Genau, meine Freunde. Auf diese geniale Idee verfiel auch die Natur, die weise. Genial? Na, ich weiß nicht, da wär ich auch noch draufgekommen.

Was haben denn die Schwarzfahr-Indianer damit zu tun?

Da Sie sich so schlau vorkommen, beantworten Sie mir doch auch mal eine Frage. Es wird mir für immer rätselhaft bleiben, warum sich die Völker, die weitab vom Meer leben, so viel höher entwickelt haben, als diejenigen, welche zu nah am Wasser gebaut haben. – Wissen Sie nicht?

Aber ich: Nehmen wir zum Beispiel die Schwarzfahr-Indianer im Hypo-Delta von Euroguay.

Ich habe mich dort, wie man in Ethnologenkreisen wohl sagt, ein wenig umgeschaut. Und ich habe etwas sehr, sehr Schönes und etwas sehr, sehr Seltenes entdeckt. Etwas ganz, ganz Kostbares. Denn dort, unter diesen so einfachen Menschen habe ich eine konkrete Utopie gefunden, eine Gemeinschaft, die wie keine andere ein Vorbild sein sollte für unsere kapitalistische Ellbogengesellschaft. Eine Gesellschaft, die in einer für uns unvorstellbaren Weise auch noch funktioniert. Aber wie? Nun, nach drei ganz einfachen Gesetzen:

1. Geld regiert die Welt
2. Eigennutz geht vor Gemeinnutz und
3. Haste was, biste was

Ja, dort im Inneren des Landes kann so etwas funktionieren. Aber lassen sich solche Utopien auch in ganz, ganz primitiven Küsten-Kulturen realisieren. Jawoll! Aber wie?

Nun, ich konnte freundlicherweise von den Häuptlingen beider Stämme eine gleich hohe Bestechungssumme eintreiben, was mich in die Lage versetzte, ein wirklich objektives Urteil über diese verehrungswürdigen Kaffern zu fällen: Ostfriesen sind die Schwarzfahr-Indianer von der Waterkant! Und umgekehrt.

Und was hat Ostfriesland mit Frankreich gemeinsam?

Frankreich könnte an sich auch ganz schön sein, wären da nicht seine Bewohner: die Franzosen. Das Einzige, was wir denen verdanken, ist doch die Tatsache, dass wir keine gemeinsame Grenze mit Spanien haben. Ich meine, das wäre ja nun noch schlimmer. Die Spanier nämlich – jaja, ich weiß. Ich soll hier alles über Frankreich erzählen. Ob ich eine besonders positive Meinung habe darüber … Was heißt hier Meinung! Das sind alles Fakten. Außerdem finde ich die Seine sehr schön. Die Seine war ein Geschenk des deutschen Kaisers an das benachbarte Steppenvolk, nämlich eine originalgetreue Nachbildung der Werra und seitdem werden in Frankreich die Schiffe auch auf dem Wasser benutzt.

Die Hauptstadt von Paris ist unterkellert und im Keller fährt die Eisenbahn. Wer das einmal gesehen hat, der fasst sich an den

Kopf, aber es hat ja noch keiner gesehen. Genauso wie dem Franzosen die Entdeckung der Zwiebel zugeschrieben wird, die ich ihm hiermit wieder wegschreibe. – Moment bitte. Ich gestatte jetzt keine Zwischenfragen!

Das Franzosenmännchen hackt im Frühjahr Löcher in den Boden und steckt Kartoffeln hinein, während das Franzosenweibchen sich zum Zwecke der Begattung in abgelegene und schwer auffindbare Betten zurückzieht. Oder er geht in die Grande Armée. Die heißt so, weil das so viele tun. Überhaupt fühlt sich der französische Soldat am wohlsten in der Übermacht, er tut sich dann nämlich leichter.

Ist das nicht genau wie bei den Bayern?

Richtig! Natürlich liegt es mir fern, diese bedauernswerte Minderheit im Süden unserer Republik hier zu diffamieren – andererseits: Die sind's doch gewöhnt. Außerdem gibt es bei Mehrheiten ja meistens Ärger, und das muss doch nicht sein, oder? Sehen Sie: Ein gutes Argument überzeugt mich immer.

Da haben wir als Erstes eine alte Legende: Als der Herrgott die Erde geschaffen hatte, betrachtete er sein Werk voller Wohlgefallen. So lange jedenfalls, bis sein Blick auf Bayern fiel. Als er das sah, musste er leider schrecklich weinen. Aber aus jeder Träne, die zu Boden fiel, entstand ein Bayer, und bei deren Anblick musste der Herrgott noch viel mehr weinen, und so entstand der Tegernsee.

Was soll dieser alte Kram? Werden Sie nun einwenden: Ich denke, wir wollen diffamieren? Ja, aber: wie denn? Bis vor kurzem wusste man ja noch gar nichts über die Bayern. Jetzt sind sie allerdings vom Aussterben bedroht. Und warum? Die weißen Eindringlinge erschossen ihre Bergbüffel und zerstörten ihre Wigwams. Die Zivilisation nahm ihnen ihre alten Riten und brachte dafür Geschlechtskrankheiten und die Olympiade. – Wann das war? Die Olympischen Spiele waren 1972 – aber die Olympiade?

Und das mit den alten Riten? Ja, das war so. Früher musste ein junger Bayer fünf Tage fasten, bis ihm ein Heiliger erschien. Der wurde dann sein Totem. Er durfte ihn weder jagen noch treten, noch in der Pfeife rauchen. Kannibalismus – das dürfte Sie interessieren – war ja bei den Bayern merkwürdigerweise überhaupt verpönt. Bis auf eine Ausnahme: Sie haben ihre Stiefmütterchen gegessen. Zur Befruchtung dieser Blümchen setzen sie ihren Stoiber ein. Kürzlich wurde in Bayern auch die Lawine, als Transportmittel für größere Schneemassen, erfunden – aber ich wollte nichts von Rekorden und solche positiven Geschichten erzählen, sondern Diffamierungen.

Ich fasele also zusammen: Mit seiner nicht unsympathischen, aber erfreulicherweise ausgestorbenen Urbevölkerung, ist und bleibt Bayern ein wildes und kaum zu diffamierendes Alpengebiet.

Entschuldigung, kaum zugängliches, wollte ich sagen. Denn wer rein will, muss seinen Alpen-Pass bereithalten – aber wer will das schon?

Was hat das noch mit Ostfriesland zu t

Einiges, wenn Sie gestatten: Die Staatsform der Friesen war die Vielehe. Ja. Sie bumsten viel, ehe sie heirateten.

Religion? So gut wie keine – und wenn? Die Religion der Friesen war das Heidentum. Verehrt wird vor allem das Heidenröslein, die Heidenmarie und das Heidi. Hauptsache man verdient dabei ein Heidengeld. Von dem leistet man sich den einen oder anderen Heidenwitzka, hat dabei einen Heidenspaß und das macht natürlich so einen Heidenlärm, das man eine Heidenangst davon bekommt.

Ja, der Ostfriese an sich neigt zu Depression, Pessimismus, Grübelei und Tiefsinn. Besonders in Emden. Und Emden ist übrigens nicht die Hauptstadt Ostfrieslands. Das ist angeblich Aurich. Dann gibt es noch Leer.

Das heißt wohl so im Gegensatz zu Emden, das immer ziemlich voll ist. Emden ist übrigens die einzige deutsche Großstadt, deren Namen aus einem einzigen Mitlaut besteht: ‚M'. Sie kennen vielleicht den alten Filmklassiker: ‚M – Ein Mörder sucht eine Stadt', oder so ähnlich. Der ist von Fritz Lang. Und der war immer breit … Unsinn! Die Erinnerung verwirrt mich.

Emden ist eine schöne Stadt, besonders, wenn es dunkel wird. Aber am schönsten ist Emden am Abend. Dann, wenn der Schutzmann langsam hinter der Verkehrsinsel untergeht, erstrahlen die Ampeln in einem Rot, das wohl nur in Emden so rot sein kann. Alle halten und staunen es an, das Emder Rot, das woanders Grün genannt wird. Und grüner wird es hier auch nicht. Dann mischt sich in das ‚Wrumm … wrumm' der Lastwagen und das ‚Tatütata' der Feuerwehrautos auch das ‚Schnubeldidubel' der pfeilflinken Pick-ups und das ‚Tirili' der anderen Piepmätze. Ach, ja, damals gab es noch Vögeln im Park. Heute gibt es dort nur noch Rentner, die immer nur Schach spielen. Und eines Tages tauchte ein neuer auf, der sah noch älter aus, total hinfällig. Er schaute auf das Brett und sagte sofort: »Dame C4 und matt!«Da staunten die andern Rentner natürlich: »Sag mal, Alter, du bist ja noch in Topform, da oben! Wie schaffst du das bloß?« »Ganz einfach. Mein Vater hat mir das Geheimnis verraten: Vier Mal am Tag Sex.« »Jeden Tag?« – »Ja. Jeden Tag, vier Mal.« »Und das hältst du immer noch durch!« »Ja!.« »Wie alt bist du denn?« »24.«

Früher war der Mensch seinen Körpergerüchen praktisch wehrlos ausgeliefert – bis im Jahre 1411 ein findiger Alchimist zu Peauville eine vollkommen neue Form der Körperpflege ersann.
Einer hat diese neue Kosmetik zur Perfektion weiterentwickelt …
Erst schminken – dann stinken!
MYVESSAINTLAURENT
ARSCH DE TRIOMPHE
par
MYVESSAINTLAURENT

MEINE GRÖSSTE

ERFOLGE TEIL 1

Die Gute Fee

Gastgeber Otto Waalkes im Gespäch mit Helmut Karaspeck.

› Karaspeck ist Waldgeistexperte und Autor so überflüssiger Bücher wie der Kifferfibel »High in Hawaii«. ‹

OTTO *Willkommen, Helmut Karaspeck …*

KARASPECK Hallo.

OTTO *Herr Karaspeck, Sie haben ja noch überflüssigere Bücher geschrieben. Ich erinnere an Ihre Trilogie des saufenden Schwachsinns Theke – Antitheke – Syntheke.*

KARASPECK Der Hegelsche Dreischluck, genau!

OTTO *Ihr neuestes Buch ist nun zum Geschenk des Jahres gewählt worden. Wieso eigentlich, Herr Karaspeck?*

KARASPECK Wieso eigentlich nicht?

OTTO *Na ja, richtig. Es gibt schlimmere Schinken. Aber Sie schreiben da zum Beispiel in Ihrem Vorwort, es handele sich bei dem Werk um den Versuch, noch einmal so richtig auf der soziologischen Welle abzukochen …*

KARASPECK Ja und? Ist mir doch gelungen, oder?

OTTO *Hm. Aber bereits der Titel ist doch schon eine reine Hochstapelei.*

KARASPECK Moment … lassen Sie mich nachschauen … Nein. Nein, es heißt nicht »Eine reine Hochstapelei«, es heißt vielmehr »Materialien zu einer Propädeutik der bürgerlichen Waldgeist-Rezeption im Frühkapitalismus«.

OTTO *Ja. Und das ist doch nun wirklich die reinste Hochstapelei.*

KARASPECK Ach so, Sie meinen meinen aufgeblasenen Titel. Ja, da haben Sie Recht.

OTTO *Eines der schwächsten Kapitel ist ja zweifelslos das über die Biberaufstände in Schleswig. Sie behaupten da, die einheimischen Biber seien durch dampfgetriebene Biber aus England ersetzt worden und diese seien die Vorläufer der Motorsäge gewesen.*

KARASPECK Nein, nein, nein.

OTTO *Was nein?*

KARASPECK Das ist nicht mein schwächstes Kapitel. Viel schwächer ist das über Rübezahl. Da behaupte ich doch allen Ernstes – ich zitiere, mit freundlicher Genehmigung des Autors …

OTTO *Aber der sind Sie doch selber!*

KARASPECK Ja, leider. Jedenfalls schreibe ich da: »Rübezahl entstammt väterlicherseits dem lohnabhängigen Waldgeister-Milieu …«

OTTO *Sie schreiben »Waldmeister-Milieu«.*

KARASPECK So? Na, ist doch auch ganz lustig. Hä, hä, Waldmeister-Milieu! Dann müsste die Mutter eigentlich eine geborene »mit Schuss« sein … na ja, bleiben wir bei den Fakten: Rübezahl, dem eine klassenspezifische Rollenfunktion vorgegeben zu sein scheint, verläßt nach dem Gnom-Diplom …

OTTO *Hä?*

KARASPECK Gnom-Diplom! Witziges Wort, hab ich selbst erfungen ... verlässt das heimatliche Unterholz und geht in den Hochwald stiftern – kleines Wortspiel meinerseits – wo er den Schrat-Grad erwirbt. Dort lernt er Zwerg Punkelchen kennen. Der ist weit gereist.
Bis zum Saukelbach hat es ihn schon verschlagen. Ja, man munkelt sogar, er sei einst am Schilfsee gewesen, wo die Menschen in großen Steinpilzen leben und wo ... mein Gott, da hat's mich aber ganz schön aus der Kurve getragen. Woll'n Sie weiterlesen? Mich verreißt's gleich.

OTTO *Nein. Ich will auch nicht weiterlesen.*

KARASPECK Gott sei Dank. Ich hoffe übrigens, dass der Schrott noch als Habilitationsschrift durchgeht, damit ich auf meine alten Tage noch ein bisschen als Professor abkochen kann.

OTTO *Aha. Dann können Sie mir jetzt womöglich meine Ausgangsfrage beantworten! Wieso ist ausgerechnet Ihr Buch zum Geschenk des Jahres gewählt worden, Herr Professor in spe?*

KARASPECK Na, das ist doch ganz logisch: Kaufen wird es sich freiwillig keiner – also muss man es sich schenken lassen – klar?! Bisschen mitdenken, Herrschaften ...

Das Wort zum Samenstag

Liebe Gemeinde!

Alleinsein macht die Damen krank,
drum geht die Frau zur Samenbank.
Doch wenn sie da nach Samen fragt,
der Bänker kühl der Dame sagt:
»Das wird in diesem Rahmen teuer,
auf Samen zahlt man Samensteuer.«

Das gibt dann bei den Damen Frust
und steigert noch die Samenlust.
Wenn ich gewissen Damen glaub,
kommt es deshalb zum Samenraub.

Der Herr, der solchen Damen traut,
ahnt nicht, dass man ihm Samen klaut.
Und dann geh'n erst die Dramen los:
Der Spender bleibt nicht namenlos.
Der Herr ist seinen Samen los.
Der Samen ist im Damenschoß.
Mein letztes Wort heißt:

Amen bloß.

URLAUBSDIAS

Jetzt kommt das, was jeder am meisten fürchtet: Urlaubsdias! Sie fragen sich wahrscheinlich, wo ich Urlaub gemacht habe? Warum fragen Sie sich? Fragen Sie doch lieber mich, ich sage es Ihnen nämlich:
Ich war im sonnigen Süden und zwar richtig lange!

So, das bin ich, wie ich im Süden ankomme.
Isses nicht wunderschön? Mein Urlaubsparadies! Genauso hatte ich es mir vorgestellt: die naturbelassene Landschaft, in die sich neuere Bausubstanz harmonisch einfügt. Eine einsame Badebucht ... alles wie im Prospekt ... auch das Wetter: herrlich!

Mein erster Gedanke: Ich muß Geld umtauschen! Doch schon auf dem Weg zur nächsten Bank wird mir sonnenklar: Hier ist verschärfter Sonnenschutz angesagt! Haben Sie auch so empfindliche Haut? Also meine neigt ja stark zu Rötungen ... spätestens nach drei bis vier Ohrfeigen ... Aber wie schützt man sich am besten gegen diese sengende Sonne ...

Das ist der totale Sonnenblocker, absolut sicher auch bei Ozonwerten nahe am Siedepunkt – Nachteil: die schwarze Hartfaser führt rasch zu Hitzestau mit akuter Transpirationsgefahr – denn Sie wissen ja: Haut will atmen!

So schützt sich der Wüstenbewohner – Nachteil: Bei mir besteht so natürlich Verwechslungsgefahr, man könnte mich für die Wiedergeburt von Mutter Teresa halten und auf offener Straße anbeten – wie peinlich …

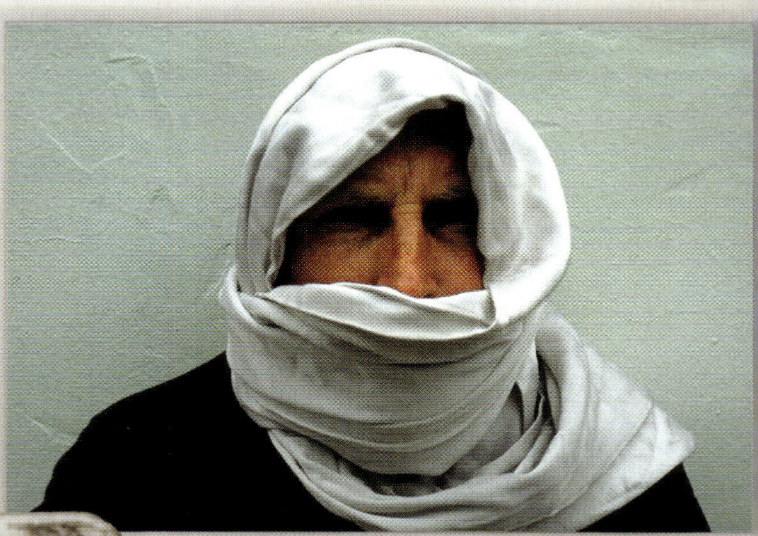

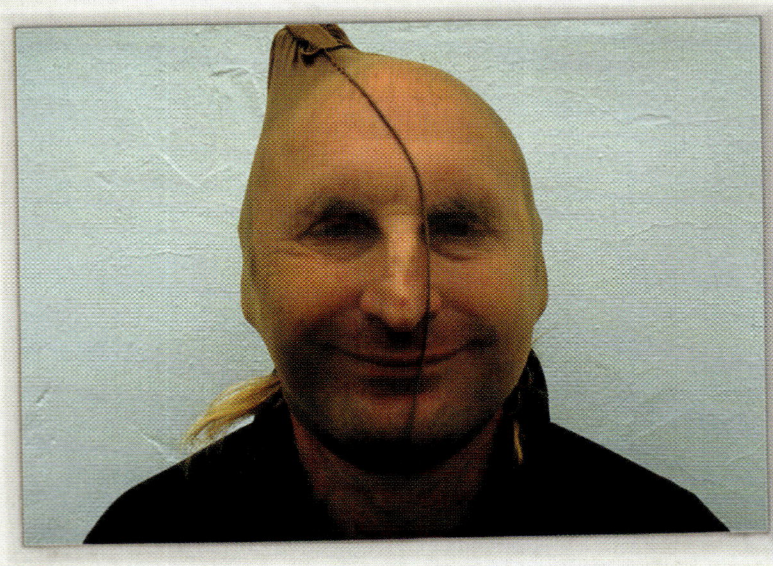

Da bleibt nur der bewährte Ganzgesichtsschutz mit Netzfilter und Selbstbräunungsfaktor 25, garantiert natürliche Bräune, wenn auch nicht ganz nahtlos … ja, so kann ich endlich zur Bank gehen …

Und da ist ja auch schon die Banco San Paolo, die mir einschlägig erfahrene Freunde daheim empfohlen haben, hier soll es jede Menge Peseten zum günstigsten Wechselkurs geben – den Euro gibt es hier nämlich noch nicht …

Ich habe Glück: Ich komme sofort dran, denn ich bin der einzige Kunde …

Daher wohl diese Freude der Bankbeamten … ja, die Menschen im Süden sind doch herzlicher als hier zu lande …

Trotzdem hätte ich nicht gedacht, dass ich so einen guten Kurs kriege für 9 mm: Den ganzen Koffer haben sie mir mit Peseten und Piastern vollgepackt … und einer der freundlichen Bankbeamten muß schon in einem Hotel angerufen haben …

... denn vor der Bank werde ich bereits erwartet: Der liebenswürdige Hotelportier und ich werden gleich so dicke Freunde, daß er mir ein silberglänzendes Kettchen schenkt: zum Zeichen unserer Unzertrennlichkeit ...

Und er lässt es sich auch nicht nehmen, mich persönlich ins Hotel zu fahren, mit Blaulicht und allen Schikanen ...

Mit meinem Einzelzimmer war ich sehr zufrieden: Absolute Ruhe, totaler Sonnenschutz, Zeit zum Nachdenken .... Und so sauber! Man konnte direkt vom Fußboden essen ... was heißt konnte - man mußte sogar ...

Dazu die unbezahlbare Aussicht und die geschmackvolle Einrichtung: echte schwedische Gardinen ... – hier hatte ich alles, was ich brauchte. So bin ich eigentlich die ganzen Ferien auf meinem Zimmer geblieben ...

Ich war richtig traurig, als ich nach 18 Monaten mein Zimmer frei machen musste. Aber das Tollste kommt noch: Mein ganzer Urlaub war umsonst! Keinen Pfennig wollten sie von mir – im Gegenteil: Zum Abschied haben sie mir auch noch was geschenkt: meinen leeren Koffer und ...

... dieses tolle Foto von mir ... Ich würde gern wieder hinfahren – aber ob die mich noch mal reinlassen? Wer weiß ...

Wenn dich dein Chef zusammenscheißt · Die Kinder geh'n dir auf den Geist
Und deine Frau geht ständig fremd · Du bist verdreckt und ungekämmt
Die Nase voll, die Taschen leer · Für dich gibt's keine Hoffnung mehr
Wenn dir dies alles widerfährt · Das ist schon einen Arschtritt-Uralt wert.
Arschtritt
·Uralt·
·Im Arschtritt-Uralt steckt meist was Gemeines·

OTTOS ANIMAL EROTIKA

Zeigt sich beim Hahn die kleinste Schwellung
gehn alle Hennen gleich in Stellung

Vorbildlich treibt es auch der Käfer:
wenn überhaupt Sex dann nur safer

Der Kragenbär, der holt sich munter
einen nach dem andern runter

Der Vorteil ist bei Schnabeltieren
sie können mündlich masturbieren

Am Stummelschwanz trägt die Gazelle
stets ein Kondom für alle Fälle

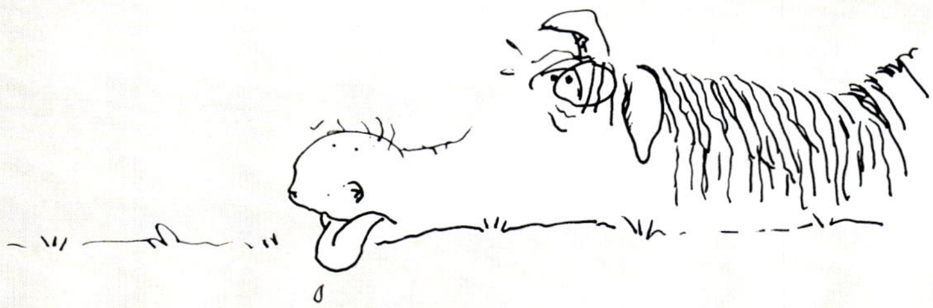

Das Vorspiel nahm den Hengst so mit
dass er geschwächt zu Boden glitt

Der Maulwurf holt im Winterbett
sich Schweinkram aus dem Internet

Das Schwein besticht aus der Distanz
durch seinen strammen Stummelschwanz

Wenn die Kröte kräftig unkt
erreicht sie ihren Höhepunkt

Frau Nashorn wird der Sex zur Qual
denn er will immer nur NASAL!

Voll Abscheu schaut der Pelikan
sich nächtelang nur Pornos an

Die Kuh wirkt reichlich sonderbar
in ihrem neuen Wonderbra

Der schärfste Stecher hier im Land das ist und bleibt der Ottifant!

Große Gestalten der friesischen Automobil-Geschichte

Folge 17: Robert Pleuel

Ein Name wie ein Fanal! Wer war er? Was war er? Wie war er? – Nun, die einschlägigen Geschichtsbücher geben keine Auskunft über ihn und alle anderen Bücher schon gar nicht.
So viel aber steht fest: mit der Erfindung des Pleuels hat er absolut nichts zu tun. Noch nicht einmal die zum Pleuel gehörige Stange stammt von ihm. Nein, Robert Pleuel hat, wie er später zugab, noch nicht einmal das Schiesspulver erfunden. Ein Scharlatan also? Einer, der mit seinem grossen Namen Schindluder trieb? – Mitnichten!

—

Pleuel hat wie kein zweiter unter seinem Namen gelitten! Otto hatte den Otto-Motor erfunden, Benz den Benzol-Ring, Handschuh das Handschuhfach und Pleuel wusste sehr wohl, dass es nun an ihm war, endlich das Pleuel zu erfinden, wollte er jemals zu den grossen Gestalten der Automobilgeschichte zählen. Aber er schaffte es nicht. Klaus Peter Schmidt, ein Handwerksmeister aus Elze, war schneller.

—

Gramgebeugt begab sich Robert Pleuel deshalb am 12. April 1924 auf eine Expedition mit dem Ziel, etwas zu entdecken. Irgendetwas wenigstens. Und es gelang! Robert Pleuel entdeckte die Linkskurve! Jene nicht sonderlich bekannte gleich hinter Aurich. – Für einen Mann, dem die Automobil-Geschichte von Anfang an keine Chance gelassen hatte, war dies ein Triumph. Wir wollen ihn deshalb zu ihren Grossen zählen.

GROSSE FUSSBALLER & ihre kleinen Freunde
HERR EFFENBERG SPRICHT SEINEN STEFAN AB SOFORT NUR NOCH MIT »CHEF« AN.
AUTOGRAMMSTUNDE BEI HERTIE: HERR VOGTS SIGNIERT MIT SEINEM BERTIE!
HERR AUGENTALER LÄSST DEN KLAUS NUR BEI DUNKELHEIT GANZ RAUS.
VOR DEM SPIEL, MECKERT HERR KIRSTEN, BENIMMT MEIN ULF SICH OFT AM IRRSTEN.
HERR RUMMENIGGE MERKT SICH EINS: RECHTS HÄNGT KARL UND LINKS HÄNGT HEINZ.
HERR MÜLLER WÄR DIE HÄLFTE WERT OHNE SEINEN VOLLSTRECKER GERD.
SEIN CHRISTIAN BESCHERT HERRN ZIEGE ERST NACH DEM SPIEL DIE SCHÖNSTEN SIEGE.
KOMMT HERRN DEISLERS PASS NICHT AN LIEGT'S OFT AN SEINEM BASTIAN.

S ERKENNT HERR SCHOLL:
IST SCHON WIEDER VOLL!
HERR MATHÄUS KAUFT FÜR LOTHAR
EIN TOUPET AUS ECHTEM ROTHAAR.
SEIN CHRISTOPH ÄRGERT TRAINER DAUM:
ER DECKT DEN MANN UND NICHT DEN RAUM!
M CARSTEN SPRICHT HERR JANCKER:
IN DER SKIN UND DU DER PUNKER!«
JEDE NACHT ERLEBT HERR HOENESS
MIT SEINEM ULLI SEHR VIEL SCHÖNES.
MAN ERZÄHLT SICH, DASS HERR HITZFELD
SEINEN OTMAR FÜR 'NEN WITZ HÄLT.
HERR KAHN:
ENWAHN!
SILVESTER BINDET SICH HERR VÖLLER
AN SEINEN RUDI CHINABÖLLER.
SEINEN DIDI ZIEHT HERR HAMANN
AUCH IM SOMMER IMMER WARM AN.
GT HERR ZICKLER
KENWICKLER.
MEISTENS RICHTIG STEHT HERR SCHNEIDER
BERND DAGEGEN SELTEN. LEIDER.
HERR BASLER SPIELT UNTER NIVEAU
JETZT RAUCHT AUCH NOCH SEIN MARIO!
UNTEN OHNE SPIELT HERR REHMER.
SO HAT MARCO ES BEQUEMER.
HERR MÖLLER BRAUCHT KEIN NEUES HANDY.
WOZU HAT ER DENN SEINEN ANDY!
ACHT HERR LINKE
WINKE, WINKE.
HERR BECKENBAUER NENNT SEIN SCHWANZL
BEIM VORSPIEL »KAISER« - SPÄTER: »FRANZL«!
HERR KLINSMANN KÖNNTE SEINEN JÜRGEN
NACH LATTENSCHÜSSEN GLATT ERWÜRGEN.
HERR NOWOTTNY HAT KAUM FANS.
DOCH VIEL MEHR HAT JA SEIN JENS!

OSTFRIESISCH FÖR INSTIEGERS

Ostfriesisch ist im Prinzip ganz einfach zu verstehen. Wenn man es kann. Wenn nicht, muss man es eben lernen. Und das ist nicht ganz so einfach. Meine Muttersprache ist nämlich mit dem Hochdeutschen nicht richtig verwandt oder verbrüdert, sondern höchstens verschwägert oder verschwippschwägert. Ich kann Ihnen hier auf die Schnelle nur eine Ahnung von den Feinheiten meiner Muttersprache geben. Gerade genug, um an dem folgenden Weihnachtsmärchen »ERNA DE BOOM NADELT« sein Vergnügen zu haben. Falls es ein Vergnügen wird … Alsdann: Die erste und letzte Lektion – dor isse all! Beginnen wir mit den armen Konsonanten, und zwar mit dem letzten unter ihnen: dem »Z«.

REGEL 1:

Wir **ersetzen** im Ostfriesischen das **große Z** durch ein **hartes T**. **Zimmer** wird zu **Timmer**, **Zimmermann** zu **Timmermann**, also werden **Zar** und **Zimmermann** zu **Tar** und **Timmermann**, und **Zucker** und **Zimt** zu … **Tucker** und **Timmt**: Timmt genau! Einzige **Ausnahme**: Zu unserem **großen Zeh** sagen wir **nicht Tee**, wegen der **Verwechslungsgefahr** mit dem Nationalgetränk, **sondern Theo** – und das kommt ja in so vielen wunderbaren Worten vor wie: **Theologie, Theodorant, Teeoderkaffee …**

REGEL 2:

Ähnlich geht es dem kleinen **»s«**, speziell wenn es **am Schluss eines Wortes** steht, wird daraus ebenfalls ein **»t«**. **Was** wird zu **wat**, **das** zu **dat**, **Wasser** zu **Water** usw. Ausnahme:

Aus **Tasse** wird nicht **Tat** oder **Tate**, sondern **Köppje** und mit einem **Kluntje** (Kandiszucker) trinkt man wieder **unser Nationalgetränk** daraus: **Tee!**

REGEL 3:

Aus dem rauen hochdeutschen **»ch«** wird ein knallhartes **»k«**. **Ich** wird zu **ik**, **machen** zu **maken**, **auch** zu **ook** – im Gegensatz zu **Auge**, das wird zu **Oog** – **Stielaugen** werden zu **Langeoog**, **Speicheraugen** zu **Spiekeroog** und **Hühneraugen** zu **Baltrum** … womit wir auch schon bei den Vokalen wären!

REGEL 4:

Der beliebte Doppelvokal **»au«** wird bei uns oft zu einem doppelten **»oo«**.
Baum wird zu **Boom**.
Noch häufiger wird das »au« allerdings zu einem langen »u«. Statt **Haus** sagen wir zu **Huus**, **Maus** wird zu **Muus**, und statt zu **Fauß** gehen wir zu **Fuuß** …
Die Ausnahme (Utnom):
Auch wird zu **ook** – im Gegensatz zu **Bauch**, der wird zu **Buch**, **Rauch** wird zu **Ruch**, und **Günter Jauch** zu **Harald Schmidt**.

REGEL 5:

Auch beim kleinen **»ei«** gibt es der Möglichkeiten **zwei** – **zwee**.
Einzig wird zu **eenzig**.
Dreiunddreißig dagegen zu **dardendartig** – eigenartig, nicht wahr?Aber dardendartig ist streng genommen auch schon Oldenburgisch.
Ich weiß ist **ik weet**.
Die Zeit dagegen **de Tied**.
Tut mir **Leid**, bzw. **Leed**.
Und manchmal ist es ganz vertrackt:
Peter heißt bei uns **Peiter**, **Leiter** dagegen **Chef.**

REGEL 6:

Unser liebster Umlaut ist das **»ö«**. Er kann praktisch jeden Vokal ersetzen:
Besuch kommt als **Besök**, **für** wird zu **för**, **wollen** zu **wölen**, **Spielerei** zu **Spöleree** –
Neet to glöven!

Und ich glaube, damit kann das Spiel beginnen!

Erna, de Boom nadelt

Ein originalostfriesisches Krippenspeel

Die Personen: **ENNO MANNIGA** • **ERNA,** seine Frau • Ihre **KINDER** **HERR SCHMIDT,** ein Nachbar und seine Familie • **HERR FENNER,** noch ein Nachbar und seine Familie • Eine **RENTNERIN,** aus den neuen Bundesländen • **HÄUSSLER,** Reporter vom Tagblatt, und **PROFESSOR DÜLMEN,** ein Botaniker und seine Studenten

Das Wohnzimmer der Familie Manninga ist weihnachtlich geschmückt. Die beiden Kinder spielen im Hintergrund mit ihren Geschenken. Der Blick des Hausherrn Enno Manninga ruht auf dem Weihnachtsbaum, zunächst noch wohlgefällig, dann voll Befremden …

ENNO:
»Erna!«

ERNA:
»Enno?«

ENNO:
»Erna, de Boom nadelt!«

ERNA:
»Wat?! Das giff't doch neet. De Boom nadelt?«

Erna erscheint im Wohnzimmer

ENNO:
»Wenn ik di dat segg! Koom doch mal her! Un kiek di dat an.«

ERNA:
»Wahraaftig. Du hest recht, Enno, de Boom nadelt.«

ENNO:
»Ik wor verrückt, ik wor verrückt. Man, wat maken wi nu? Kinner, west doch mal still dorachtern*! Makt de Musik ut, hört up mit de Spöleree un koomt her. De Boom nadelt.«

*(*dahinten! Achtern ist ein Begriff aus der Seefahrtsprache. Da heißt es zwar Steuerbord und Backbord, andererseits jedoch Bagdad aber nicht Steuerdad, sondern Trinidad – wie kompass, Herr Kapitän?)*

KINDER:
»Kiek mal dor! Geil, ey! Na so wat! Vader, weeßt du't al? De Boom nadelt …«

ENNO:
»Ja, dat segg ik doch de heele* Tied, nu makt mi doch neet heel dörnanner.«

*(*ganze – »heel« auch im Sinne von sehr oder ganz besonders.)*

ERNA:
»Nu, Enno, wat maken wi nu?«

ENNO:
»Dat weet ik doch neet. Dat eenzig, wat ik weet, is, dat de Boom nadelt.

ERNA:
»Sall ik mal na Schmidt na boven? Dat is doch een heel praktisch Minske*.«

*(*ein ganz besonders praktischer Mensch. Minske ist übrigens keine Verkleinerung. Minzje ist ein TicTac. – Tic Tac Toe gibt es nicht mehr.)*

ENNO:
»Ja, maak dat. Haal hum – of haal hum neet, maak irgendwat, ik weet ja sülvst neet, wat … Kinner, wat'n Upregen*. Ma dat de Boom ok nettakraat vandaag** nadeln mut.«

*(*keine Form von Niederschlag, sondern eine Aufregung.) (**ausgerechnet heute!)*

ERNA: *ruft*
»Herr Schmidt! Herr Schmidt!«

SCHMIDT:
ruft
»Wat? Wat ist, Frau Manninga?«

ERNA:
»Ook, Herr Schmidt, deit mi leed, dat ik hör* stör, man uns Boom nadelt …«

*(*Sie [Höflichkeitsform] genau wie hum. Diese Personalpronomen! Gräsig!)*

SCHMIDT:
»Wat seggen Se dar?! Hör Boom

nadelt? Man dat is doch neet mögelk! Dat ist ja … Frau Manninga, um Gottes will …«

ERNA:
»Wenn ik hör dat doch seeg! De nadelt. Können Se neet mal runner komen un sük dat ankieken?«

SCHMIDT:
»Seeker. Gliek. – Koomt mal mit andaal*, Kinner, bi Manningas nadelt de Boom …«
*(*hinunter, »ins Tal«!)*

Herr Schmitt erscheint mit seiner Familie

ENNO:
»Good'n Avend, Herr Schmidt. Nu kieken Se sük dat mal an. Wo de Boom nadelt!«

SCHMIDT:
»Ja, ik hebb dat al hört, dat is ja neet to glöven! Kinner, nu kiekt doch mal, wo de Boom nadelt.«

Es klopft

ENNO:
»Koom in!«

Herr Fenner tritt ein, gefolgt von seiner Familie

FENNER:
»Good'n Avend, Frau Manninga, ik hab dat nettakraat in't Trappenhuus hört, dat Jo* Boom nadelt. Düren wi uns dat mal ankieken?«
*(*Ihr, noch ein höfliches Fürwort.)*

ERNA:
»Seeker, Herr Fenner, kommen Se rin.«

FENNER:
»Dör ik vorstellen, mien Frau, mien Kinner, de kennen Se ja. Dat is mien Schwegermauder*: De is to Besök over de Fierdagen, van drüben.«
*(*Mutter der Ehefrau, bei uns besonders beliebt, wenn sie über die Feiertage zu Besuch kommt.)*

ENNO:
»Freit mi, freit mi. Man ik hebb overhoopt keen Tied, wiel uns Boom nadelt.«

SCHWIEGERMUTTER:
»Dadsächlisch. D'r Baum nadelt. Also so was!*«
*(*sächsisch!)*

ERNA:
»Man, wat maken wi nu, Enno?«

SCHMIDT:
»Ropen Se doch mal de Notdienst an.«

SCHWIEGERMUTTER:
»Da muß m'r nu so alt wer'n, um so was mal zu erläb'n.«

ENNO:
»Wat dann för'n Notdienst?«

ERNA:
»Ik telefoneer al, Enno.«

Sie greift zum Telefon und wählt

SCHMIDT:
»Van't Botanische Institut. De mutten doch mit so wat Bescheed weeten.«

ERNA:
»Hier Manninga … Dat is so … dat nämlich bi us de Boom nadelt … Wat? … Ne. Wann ik dat doch segg: de nadelt! … Ja? Cirksenastraat 33, bei Manninga … Moi. Dat is moi*.

Enno, se komen gliek, hett he seggt.«
*(*gut, »Moin Moin«, also nicht Guten Morgen, sondern Guten Guten.)*

ENNO:
»Dat hett man neet faak vandaag*.«
*(*nicht alle Tage)*

SCHMIDT:
»Na, dat is ja wal dat Mingste* in so'n Laag.«
*(*das Mindeste – keine chinesische Dynastie.)*

ERNA:
»Och, leeve Tied, he nadelt ja alltied noch. Gräsig*!«
*(*Grausig – nicht phänomenal.)*

Es klopft (*wie immer an der Tür!)*

ENNO:
»Dat is neet gräsig, dat is

phänomenal* … is dat!
Koom in!«
*(*philosophisch: Ding an sich, vgl. Kant, Schopenhauer, Nietzsche etc. Wir machen solange Pause …)*

Reporter Häussler tritt ein

REPORTER:
»Häussler van'd Tageblatt.
Seggen Se, stimmt dat?
Bi Hör* sall de Boom nadeln?«
*(*Fürwort! Vgl. HÖR ZU!)*

ENNO:
»Jaa. Koom'n Se man rin.
Dat is bie uns.«

ERNA:
»Van't Tageblatt, soso. Bitte, jawol, dat is uns Boom. De dar. Wölen Se een Bild maken?«

ENNO:
»Kinner, koomt mal her,
de Herr will een Foto maken,
wo uns Boom nadelt.«

ERNA:
»Soll'n wi ok mit dr'up?«

ENNO:
»Frau Schmidt, geh'n Se bitte mal'n bietje* an't Siet …
dat is uns Boom, de dor nadelt.
Erna, koom bi mi …«
(bisschen)*

ERNA:
»Is't recht so?«

Es klopft

ENNO:
»Well kummt nu wall* noch?«
*(*wohl, nicht the … von Pink Floyd.)*

ERNA:
»Och, de Notdienst van't Botanische Institut.«

Professor Dülmen tritt ein, gefolgt von seinen Studenten

PROFESSOR:
»Professor Dülmen vom Botanischen Institut.
Verzeihen Sie, daß ich einen Teil meiner Studenten* mitgebracht habe … aber, hier soll'n Baum nadeln … bin ich da richtig informiert?«
*(*Lernende an einer Hochschule.)*

ENNO:
»Heel recht, Herr Professor.
Dat is uns Boom, de nadelt.
Manninga, is mien Nam.«

ERNA:
»De Herr van de Presse hett ook al seen.«

PROFESSOR:
»Ja, meine Damen und Herren, dies ist nun ein nadelnder Baum. Ein Naturschauspiel, bei dem ich es für richtig gehalten habe, Sie trotz der späten Stunde hierher zu bitten. Der Vorgang ist folgender …«

ERNA:
»Enno, sall ik de Fernsehen* antropen?«
*(*visuelles Kommunikationsmittel.)*

ENNO:
»Erna, Wicht*, du hest blot good** Ideen. Mak dat. Man unnerbreek de Professor*** neet alltied****.«
*(*meine Kleine) (**moi.)*
*(***Lehrender an einer Hochschule.)*
*(****andauernd.)*

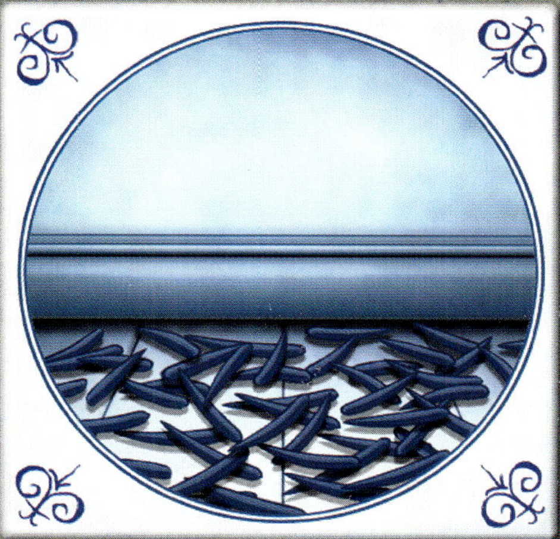

Erna greift zum Telefon und wählt*
*(*akustisches Kommunikationsmittel.)*

PROFESSOR:
»Dieser Baum, dessen erstaunliche Fähigkeit zu nadeln uns ja aus der wissenschaftlichen Literatur durchaus bekannt ist …«

ERNA:
»Hier Manninga! Is dor de Fernsehen? … dar is so … nu halten Se sich mal fest … bi us dor nadelt de Boom …«

ENNO:
»Erna! – La't good wesen. Ik gloob even hett dat uphollen*.«
*(*aufgehört! Aufhören!!)*

ERNA:
»Wat? Nadelt he neet mehr?«

ENNO:
»Nee. Up eenmal.«

PROFESSOR:
»Das ist richtig, meine Damen und Herren. Das Naturschauspiel ist vorüber. Der Baum hat das Nadeln eingestellt. Aber ich bin glücklich, dass wir wenigstens einmal …«

FENNER:
»Na, dann gah'n wi mal, wenn he neet mehr nadelt.«

KINDER:
»Och, de Boom nadelt neet mehr*! Schaa! Dat wa'n Ding, of** neet, Vader.«
*(*Langsam ham wir's kapiert!) (**oder.)*

SCHWIEGERMUTTER:
»Nu so was. D's ich d's uff meine alten Dache noch erläben durfte …«

PROFESSOR:
»Auf Wiedersehen und vielen herzlichen Dank.«

ENNO: *ruft*
»Een goode Rutsch almitnanner.*
Erna, dat was een Ding, wat?«
*(*typisch ostfr. Neujahrswunsch.)*

ERNA:
»Also so wat! Un nu kiek'm di mal an. Wo he dor so fredelk steit. As was de nix gebört* … de Boom.Un dorbi hett he even noch nadelt** …«
*(*als wäre da nichts gewesen …)*
*(** … ja, war da denn was? Ach ja:)*

≈≈≈≈≈≈≈≈≈≈≈≈≈≈≈≈≈≈≈≈≈≈

ENDE*
*(*typisch ostfriesischer Schluss!)*

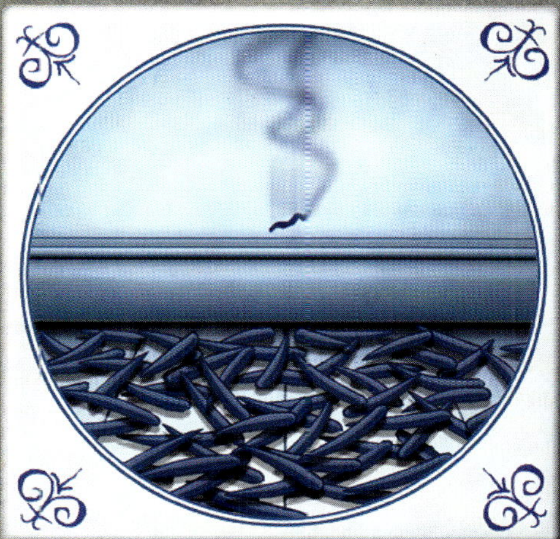

Meine größten Erfolge Teil 3

DER BESTRASIERTE MANN DER WELT

Kinderpopo! Der Vergleich gefällt mir.
Mir auch! Ich sehe nämlich so aus.

Im Gegensatz zu Kinderpopos ist meine linke Seite aber unschlagbar!
ICH und der bestrasierte Mann der Welt! Wahnsinn!

ICH bin unschlagbar!
Denkste! Ich kenne mindestens zwei Typen, die noch glatter rasiert sind. Bäähhh!!!

So glatt ist der Onkel gar nicht!
Mein Ruf ist ruiniert! Der Titel futsch! Ich bin am Arsch!
HURRA! Jetzt sind WIR die bestrasierten Menschen der Welt!

Na, wartet, bis ich EUCH die Rasierapparate wegnehme!
Oh, Scheiße, wenn er das macht ...
... dann GUTE NACHT!

ericht aus Emden Börsenbericht aus E

Die Emder Binnenbörse ist in Bewegung geraten. Durch den Stützkauf der Deutschen Bucht ist Wasser jetzt wieder im Überfluss vorhanden, was vor allem im Salzwasserbereich zu besäufniserregenden Einbrüchen geführt hat, die auch durch umwälzende Eindeichungsmaßnahmen nur unzudeichend korrigiert werden konnten.

Andererseits scheint das niederländische Matjesmonopol damit ein für alle Mal gebrochen zu sein, was eine Hausse im Bereich Hausfrauensauce verspricht und auf dem Rohstoffsektor ein Anziehen der Gurkenpreise, die schon heute erheblich über den Kursen vergleichbarer Gemüse notiert werden: Holländische Tomaten 34,5 - Tendenz geschmacklos bis überflüssig, Italienische Zucchini 43 - Tendenz leicht gekrümmt, Griechischer Wein 12prozentig - Tendenz harzig bis ungenießbar; Spanischer Brandy ist dagegen nach wie vor als Hochprozenter empfehlenswert. ... Mein Tipp: Noch heute kaufen, morgen saufen und nach Möglichkeit nie bezahlen.

Was tut sich auf dem Neuen Markt? Wenig Erfreuliches im Wachstums-Bereich Biotechnik: Die seit längerem angekündigte Erschaffung und Inbetriebnahme eines künstlichen Menschen, ist von der Homunculi AG auf den Sankt Nimmerleinstag verschoben worden. Angebliche Fortschritte auf dem Gebiet der Grippeviren-Vermehrung sind dagegen ein schwacher Trost.

Eine Gewinnwarnung auch aus dem Hause Teekanne: Die Gewinnung von Tee aus frisch gefallenen Blättern erweist sich nach wie vor als schwierig. Auch in diesem Herbst ist man über schale Brühe nicht hinausgekommen. Da hilft die schönste Kanne nichts. Porzellan wäre dafür echt zu schade!

Das bedeutet Auftrieb für die friesische Weißblechindustrie: Ihr soll es gelungen sein, nahtlos geschweißte Kuchenformen von einem Kilometer Durchmesser herzustellen. Da außerdem der Sperlingkonzern das Problem der Gewinnung synthetischer Streusel gelöst zu haben scheint, ist sein lange erwarteter Angriff auf den Europäischen Gebrauchtkuchenmarkt wohl nur eine Frage der Zeit. Also: Vorsicht, Restkuchenbesitzer! Am besten auf Kekse umsteigen, bevor es zu spät ist!

Ein letzter Tipp: Für die geplante Erweiterung des Uphuser Meers sucht das Land Ostfriesland noch nach Süßwasser, auch bei privaten Anlegern. Bei Zustandekommen des Projekts soll jeder geliehene Liter mit 4,5 Kubikzentimeter verzinst werden. Mein Rat: Das ist zu wenig. Sollten Sie zur Zeit Süßwasser flüssig haben, stecken Sie es lieber in eine der staatlich subventionierten Weinpantschereien. Denn dort können Sie mit einer wesentlich höheren Ausschüttung rechnen.

Gebrauchtkuchen 50 (+15) Griech. Wein 12 (+2,5) Hollän. Tomaten 34,5 (-7) It. Zucchini 43 (-7) Kekse (
(+33) Niederlän. Matjes 17,5 (-23) Span. Brandy 40 (+8) Süßwasser 9,5 (+1,5) synthet. Streusel 98,5 (-

PAUL DEXTER

DAS TRAUMZIEL ALLER THEATERMACHER IST ERREICHT! UMFASSENDE SPANNUNG UND UNERTRÄGLICHE BELEHRUNG IN EINEM STÜCK!UND ZWAR IN EIN UND DEMSELBEN! ... ES TRÄGT DEN TITEL:

UND DAS GEHEIMNIS DER MEXIKANISCHEN VANILLE

Dies Stück enthält: ALLES über PAUL DEXTER! ALLES über MEXIKANISCHE VANILLE!
Dies Stück enthüllt: Das große Geheimnis ALLER dramatischen Kunst: Wie aus zwei scheinbar unvereinbaren Elementen zwei unzertrennliche werden: SPANNUNG und BELEHRUNG!
Erstmals gemeinsam in einem Stück: Paul Dexter UND das Geheimnis der mexikanischen Vanille!

In diesem Stück treten auf:

Mike Mustermann
Vertreter

und:

Simone Mustermann
Vertretersgattin

Ein Abend wie jeder andere. Eine Wohnung wie jede andere. Sie gehört der Familie Mustermann. Die Eheleute Mike und Simone haben sich eben zu Bett begeben ...

MIKE So, Liebling, gute Nacht.

SIMONE Gute Nacht, Schatz. ... Was war das? ... Hast du das gehört ...

MIKE Pscht ...

SIMONE Was ist das?

MIKE Einbrecher! Da ist jemand in der Küche. Ich seh mal nach.

SIMONE Nein, ich komme mit.

Beide gehen in die Küche und sehen eine dunkle Gestalt.

MIKE Was machen Sie da? In unserer Küche!

SUGAR Schnauze! Hände hoch! Umdrehen, Gesicht zur Wand!

SIMONE Er hat eine Pistole.

MIKE Was wollen Sie von uns?

SUGAR Vanille!

MIKE Was?

SUGAR Va-nil-le.

SIMONE Vanille?

MIKE Ja, spanisch: Vanilla. Er meint diese tropische Orchideengattung, diese im Boden wurzelnden, als Epiphyten lebenden Kletterpflanzen.

SIMONE Ach so, die mit den schlauchförmigen Kapselfrüchten.

SUGAR Genau, Schwester, die in Mexiko heimische, dickblättrige, grünlich weiß blühende Vanille.

SIMONE Die in tropischen Gebieten gezogen wird?

SUGAR Sie wissen genau, wovon ich rede. Wo ist das Zeug?

MIKE Da, im zweiten Fach oben, in der Blechbüchse.

SUGAR Soso ... Und was ist das?! Das sind ja schwarze Stangen. Woll'n Se mir verscheißern?

sowie:

Sugar
Verbrecher

MIKE Nein. Glauben Sie mir: Die gelblich-grüne Frucht wird durch Gärung unter Einfetten zum schwarzen, runzligen ledrig glänzenden Gewürz. Wussten Sie das nicht? Oh! Es hat geklopft!

SIMONE Tatsächlich: Es hat geklopft!

SUGAR Herein!

Auftritt: PAUL DEXTER!

PAUL DEXTER Hände hoch, Waffe fallen lassen, das Spiel ist aus, Sugar.

SUGAR Wieso denn, Herr Kriminalkommissar Paul Dexter?

SIMONE Ich glaube gar, wir sind gerettet.

PAUL DEXTER Ruhe! Her mit der Beute, Sugar.

sowieso:

Paul Dexter
Verfolger

SUGAR Hier, Herr Kommissar. Doch wie konnten Sie mir so schnell auf die Schliche kommen?

PAUL DEXTER Ich hatte einen Tipp, dass du wieder mal Appetit auf Vanille hattest und einen großen Pudding planst, und da wusste ich, dass du dir wieder Vanillin besorgen würdest, jenen in Pflanzen häufig, jedoch nur in geringen Mengen vorkommenden Riechstoff, chemisch ein Methyläther des Protokateclualdehyts.

SIMONE Und besonders reich an Vanillin sind ja die Vanilleschoten, etwa zwei Prozent.

PAUL DEXTER Genau. Und deswegen ... Halt, Sugar, stehenbleiben ... oder ich schieße!

DEXTER'S PISTOLE Peng! Peng!

SUGAR Weh mir, ich bin getroffen, und zwar tödlich ...

SIMONE Oh! Ist er tot?

MIKE Wenn er es doch sagt ...

PAUL DEXTER Tja, schade um Sugar ... Der Idiot. Dabei wird Vanillin heute ausschließlich synthetisch aus Eugenol und Guajakol für die Schokoladengewinnung hergestellt. Er hätte es wissen müssen. Aber einen Fehler machen sie alle. ALLE!

VORHANG, SCHLUSS und AUS.

OTTO IST:
DER TRANSLATOR!

Lange hatte Paul McCartney nach einem geeigneten Übersetzer für seine, leider nur in englischer Sprache vorliegenden, Texte gesucht. Endlich glaubte er, ihn gefunden zu haben. Bei einem feierlichen Festakt im Buckingham Palace (Bäckerheim Palast) stellten der Autor und sein Übersetzer ihr erstes gemeinsames Werk vor.

Yesterday
all my troubles seemed so far away
Now it looks as though
they're here to stay
Oh I believe in yesterday

Suddenly
I'm not half the man I used to be
There's a shadow hanging over me
Oh yesterday came suddenly

Why she had to go I dont know
She wouldn'd say
I said something wrong
now I long for yesterday

Yesterday
love was such an easy game to play
Now I need a place to hide away
Oh I believe in yesterday

Gesterntag
all mein Trübsal in der Ferne lag
Nun sieht's aus,
als wenn sie bleiben mag
Ich glaub, das liegt an Gesterntag

Plötzenlich
meine halbe Manneskraft entwich
Da's 'n Schatten, der hängt über mich
O Gesterntag kam plötzenlich

Wie sie mich entwich, weiß ich nich
Sie nix viel sag
Ich sprach manch Ding dumm,
sehn mich drum nach Gesterntag

Gesterntag
Spaß war groß, weil ich viel oben lag
Frau mich nicht mehr länger leiden mag
Ach, hör mich auf mit Gesterntag

Otto is a perfect translator!

Ein Glück, dass Paule kein Deutsch versteht!

Gastgeber Otto Waalkes im Gespäch mit Fernseh-Dr. Guido Knallknopp.

› In seiner neuen Fernsehserie »Die Männer sind alle Verbrecher« hat der beliebte TV-Hysteriker Dr. Guido Knallknopp die wegsehenerregende These aufgestellt, dass die Männer alle Verbrecher sind. ‹

OTTO *Aber doch nicht alle Männer, Dr. Knallknopp!*

KNALLKNOPP Doch, alle!

OTTO *Aber es gibt doch Ausnahmen, historische Gestalten, die über jeden Zweifel erhaben sind, große Männer …*

KNALLKNOPP Große Männer! … Große Männer! Dass ich nicht lache! Hehehe! Große Verbrecher waren das! Einer wie der andere!

OTTO *Ich bitte Sie, Dr. Knallknopp!*

KNALLKNOPP Nehmen Se die Geschichte. Nehmen Se, wen Se wollen! Nehmen Se Siegfried! Wissen Se, was der gemacht hat?

OTTO *Was denn?*

KNALLKNOPP Der hat Krimhold umgebracht, seinen ältesten Freund.

OTTO *Unsinn.*

KNALLKNOPP Mit 'ner vergifteten Tarnkappe. Peng! Oder nehmen Se Bismarck.

OTTO *Wozu denn?*

KNALLKNOPP Den haben seine eigenen Söhne zum Vater gemacht! Die eigenen Söhne!

OTTO *Welche denn sonst?*

KNALLKNOPP Oder nehmen Se Johanna von Orleans!

OTTO *Nee. Die nich!*

KNALLKNOPP Doch. Die hat den französischen König verbrennen lassen und wissen Se auch, warum?

OTTO *Darum.*

KNALLKNOPP Falsch. Darauf kommen Se nie! Weil se selber an die Macht kommen wollte!

OTTO *Nu aber Schluss!*

KNALLKNOPP Oder nehmen Se Kolumbus.

OTTO *Nein. Dann nehm ich lieber ein Taxi.*

KNALLKNOPP Oder nehmen Se ma Mata Hari.

OTTO *Äh, äh. Is mir zu haarig!*

KNALLKNOPP Oder nehmen Se ma Madame Pompadour.

OTTO *Wie bitte?*

KNALLKNOPP Oder nehmen Se ma wenigstens die Finger aus den Ohren, jetzt kommt es nämlich.

OTTO *Aufhören!*

KNALLKNOPP Nein. Nehmen Se ma die Russen und ihre Strategie der verbrannten Pferde.

OTTO *Nein!*

KNALLKNOPP Doch! Die haben Napoleon sein Pony angekokelt.

OTTO *Oh nein!*

KNALLKNOPP Oh ja! Oder nehmen Se ma Maotsetung!

OTTO *Sie stottern ja!*

KNALLKNOPP Der war der allergrößte Verbrecher, der wollte doch den Kommunismus in China einführen. Oder nehmen Se …

OTTO *Nein!!!*

KNALLKNOPP … noch 'ne Tasse Tee?

OTTO *Oh, gern. Ich bin so frei. … Das war Dr. Guido Knallknopp, ein interessantes Teema, eine starke Teese und ein sympathischer Tee-Vau-Moderator!*

HERRCHEN GESUCHT
Liebe Schirmfrauchen, liebe Schirmherrchen, heute möchte ich mich wieder mit einem Problem an Sie wenden – Sie kennen ja unser Problem, es ist immer das Gleiche … Sie wissen ja, was bei uns im Schirmheim abgegeben wird: Alles, was hier abgegeben wird, sind Schirme! Schirme aller Art! Aber wer will schon einen gebrauchten Schirm? Niemand! Täglich werden hunderte von Schirmen stehen und liegen gelassen. Und die holt keiner ab. Gerade jetzt im Frühling, wenn es wieder wärmer wird. Und trockener.
Es ist immer das Gleiche: Da kriegen die Leute zu Weihnachten einen gerippten Freund geschenkt, so einen süßen kleinen Taschenschirm. Und dann wird der größer und größer, und wenn er dann ausgewachsen ist, dann wird er plötzlich lästig. Sie sind ja auch lästig, besonders aufgeklappt. Draußen eckt man überall mit ihnen an, besonders mit anderen Schirmen wollen sich die meisten einfach nicht vertragen.

Okay, sie sind sehr sperrig, und daheim stehen und liegen sie dann im Weg und tropfen alles voll. Klar, das dauert manchmal sehr lange, ehe solche Problemfälle stubenrein werden. Aber wie denn auch? Bei Vorbesitzern, die so lieblos mit ihnen umgegangen sind … Nicht der Schirm ist pervers, sondern die Unmenschen, die er beschirmt, wie ich immer sage! Ach, wissen Sie, Schirme sind besser als Menschen! Die Menschen stellen ihre Schirme an die Wand oder hängen sie einfach auf. Grausam! Von diesen Ständern gar nicht zu reden – kein Wunder, dass manche Schirme beim ersten Sonnenstrahl automatisch zusammenklappen.
Schauen Sie sich den hier mal genauer an, diesen großen Schwarzen mit seinen tiefen Trauerfalten, so traurig und treu! Der ist nun schon über zwölf Jahre hier bei uns! Und hat noch kein einziges Mal gelächelt! Der gewöhnt sich auch nicht mehr an einen neuen Besitzer. Nach zwölf Jahren! Das ist verdammt alt für einen Schirm! Sie müssen alles mal zehn nehmen: 120 Menschenjahre! Da würden Sie auch nicht mehr lächeln!

Dagegen habe ich hier nur ein ganz kleines Problem für Sie: diesen Knirps! … Ist er nicht süß!? … Auf einer Autobahnraststätte haben wir den gefunden, erst gestern, im Papierkorb. Keine Adresse, kein Halsband, nicht mal ein Zettel dran: »Seid gut zu Klappi!« Oder so etwas. Und das entmenschte Herrchen fährt seelenruhig in Skiurlaub – danke! Aber ich, ich bin gut zu Schirmen und das erwarte ich auch von Ihnen.
Klappi ist wirklich ein Schnäppchen! So anhänglich! Mit seiner kleinen Schlaufe … Und total verschmust! Natürlich auch entsprechend dominant, also, andere Schirme im Haus, die mag unser Klappi gar nicht! Und mit kleinen Kindern hat er seine Probleme – beziehungsweise, sie mit ihm, sie kommen einfach nicht mit Klappi zurecht, weil er manchmal so spontan ist und plötzlich aufspringt. Da ist es natürlich wichtig, bloß keine Angst zu zeigen, das spürt Klappi natürlich, und dann … Aber man muss ihn einfach zu nehmen wissen, dann ist er der treueste kleine Schirm, den Sie sich denken können. Also: Wer möchte Klappi?

GESUCHT
Wir suchen ein Schirmherrchen, das ihn nicht nur beachtet, wenn er ihn braucht, um bei schlechtem Wetter Gassi zu gehen, sondern ihn auch bei schönem Wetter mal ausführt. Ein Herrchen, das wirklich gut zu Klappi ist, denn dann ist Klappi auch gut zu ihm. … Wie macht der Schirm, Klappi! Wie macht der Schirm? – Der Schirm macht gar nichts. Ist ja auch ganz normal … Na ja, er ist noch etwas scheu, unser Klappi, aber mit viel Liebe und etwas Geduld …
Herrgott, was erwarten Sie denn von so einem kleinen Schirm, Sie Unmensch! Gelt, Klappi? Du bleibst hier bei mir! Brav, Klappi, so ist's brav! … **Dafür hast du auch eine kleine Belohnung verdient, jetzt gibt's Feines, einen kleinen Schauer … Hier!**

RICHT aus BERLIN

Harry Hirsch und: DER BUNDESPRESSESPRECHER

HH: Aus aktuellem Anlass habe ich mein Programm geändert, denn hier kommt gerade der Bundespressesprecher vorbei, und der ist nach dem Bundespressegesetz verpflichtet, mir auch die überflüssigsten Fragen zu beantworten. Sonst kommt der Bundespresserat, und das wird teuer!

BPS: Das stimmt. Leider.

HH: Also, Herr Bundespressesprecher, ich möchte Ihnen eine Frage stellen, die zwar aus Taktgründen meist umgangen wird, die aber trotzdem politisch interessant werden kann: Was passiert hier eigentlich …

BPS: Na, jede Menge! Hier in Berlin passiert dauernd etwas!

HH: Nein, nein – was passiert eigentlich, wenn der Herr Bundeskanzler – aus welchem Grunde immer – seiner geistigen Kräfte nicht mehr mächtig sein sollte?

BPS: Ach so – Sie meinen, wenn er wahnsinnig wird?

HH: Ja.

BPS: Eine sehr hypothetische Frage, aber möglich ist alles. Gott … nehmen wir mal einen … völlig konstruierten Fall an … Also: Der Kanzler fordert in seiner Regierungserklärung von den Russen die Rückgabe seiner Mandeln, die er als Organspender dem russischen Expräsidenten Jelzin angeboten hatte, der jedoch nach einer Ersatzleber gesucht hatte … Egal: Der Russe lehnt jedenfalls ab und der Kanzler wird wahnsinnig … Aus Enttäuschung oder warum immer …

HH: Ja. Was würde dann passieren?

BPS: Ganz einfach. Der Vizekanzler führt die Regierungsgeschäfte kommissarisch weiter und da er natürlich die bisherige Politik weiterführen muß, fordert er als Erstes von den Russen die Herausgabe der Mandeln des wahnsinnig gewordenen Kanzlers. Und was macht der Russe?

HH: Ja – was?

BPS: Na – der weigert sich.
Wie gehabt. Und was macht der Vizekanzler? Also unser verehrter Außenminister … Der dreht durch. Gaga. Die Nerven, die Nerven, die Nerven …

HH: Ja – aber meinen Sie wirklich, dass der Herr Außenminister …

BPS: Ach, der hat echt so schwache Nerven! Nun lassen Sie mich das doch mal durchspielen! Ist doch ein interessanter Fall! Dann nämlich ernennt das Kabinett einen Minister zum Interimskanzler. Und der steht natürlich unter Zugzwang und fordert unter Berufung auf das Ersuchen des verrückt gewordenen Vizekanzlers die Rückgabe der Mandeln des wahnsinnig gewordenen Bundeskanzlers. Und zwar nicht nur eine, sondern alle beide. Der Rest – wie gehabt: Der Russe bleibt hart, der Interimskanzler verliert darüber den Verstand, der Ranghöhe nach ernennt sich das Restkabinett zu Ersatzkanzlern, ein Teufelskreis: Forderung, Ablehnung, Wahnsinn. Und dann ist es endlich so weit! Der Kanzler – Stellvertreter Nummer 46 – wissen Sie, wer das ist? Lesen Sie mal die Verfassung! Das bin ich! Und wissen Sie, was ich als Erstes tue?

HH: Sie fordern die Rückgabe der Mandeln des wahnsinnig gewordenen Kanzlers?

BPS: Eben nicht, eben nicht! Ich bin doch nicht blöd, Mann! Ich verzichte formell auf die Rückgabe der Mandeln des wahnsinnig gewordenen Kanzlers seitens der Russen! Weil ich nämlich keine Lust habe, auch wahnsinnig zu werden, mein Lieber! Ich nicht! Oder seh ich etwa so aus? Was? Hoho! Ich doch nicht! Ich doch nicht!

HH: Aber wohin laufen Sie denn, Herr Bundeskanzler!? Da steht doch NOT AUSGANG! Und das ist englisch: NOT! NICHT! KEIN AUSGANG! …

DAS WAR HARRY HIRSCH MIT SEINEM BERICHT AUS BERLIN! UND DAMIT VERABSCHIEDE ICH MICH, DENN DA IST GERADE EIN GUTER JOB FREI GEWORDEN … BUNDESPRESSESPRECHER! SUPER …

Der Autobahnmeister

Ja, es sind viele Sagen und Mythen um den geheimnisvollen Beruf des Autobahnmeisters gesponnen worden. Dabei ist es ein Beruf, den jeder von euch auch ergreifen könnte.

Abends, wenn VW und Mitsubishi sich gute Nacht sagen, betritt der Autobahnmeister seine Autobahn, hebt hier und dort ein Zweiglein auf, verfolgt eine Bremsspur und hat ein scharfes Auge darauf, dass Ruhe herrscht und bis zum Morgen alles wieder blitzblank und sauber ist.

Der Autobahnmeister hat viele Abenteuer zu bestehen. Seine ärgsten Feinde sind die Straßenräuber. Wollen sie zum Beispiel eine Zufahrt entwenden, oder gar eine Autobahnspur stehlen, um sie anderswo als Landstraße zu verhökern, so verjagt er sie mit Verwünschungen und schrecklichen Flüchen.

Im Anfang ist der Autobahnmeister erst mal ein Lehrling.

erlernt er sein Handwerk auf Straßen vierter Ordnung und manchmal muss er auch Hohlwege putzen. Gelegentlich muss er Wegelagerern das Bett bereiten, oder Eier für sie holen. Später aber bekommt er einen Mittelstreifen auf sein Wams genäht und wird Geselle. Und mit dem Alter wächst nicht nur sein schöner Gamsbart, sondern auch die Verantwortung. Zum Schluss steht er der Autobahn vor, ist geachtet und geehrt und wenn ein Autobahnkreuz zu seinem Revier gehört, dann darf er sogar reuigen Verkehrssündern die Beichte abnehmen.

Nach getaner Arbeit schreitet der Autobahnmeister zurück in seine Autobahnmeisterei, nimmt die Autobahnmeisterin in die Arme und manchmal bringt er ihr auch ein Sträußlein bunter Kotflügel mit, die er vom Wegesrand aufgelesen hat.

Und beim nächsten Mal, liebe Kinder, erzähle ich euch, wie man Berufsberater wird.

Jetzt bin ich schon 12674 Meilen von zu Hause weggefahren – und wen treff' ich hier? Den da!
EMDEN
12674 miles
PEDESTRIANS
HITCHHIKERS
PROHIBITED

OTTO Gnädige Frau, Ihr Hund …

ALTE DAME Mein Hund! Ja, was wären wir denn ohne den Hund!? Wo wären wir denn? Der Urmensch wäre doch gar nicht aus seiner Höhle rausgekommen!

OTTO Meinen Sie?

ALTE DAME Aber sicher. Er war ja so träge. Wir können uns den Urmenschen gar nicht träge genug vorstellen. Wenn er nicht wenigstens ab und zu seinen Hund Gassi Waldi hätte führen müssen …

OTTO Umgekehrt: Waldi Gassi!

ALTE DAME Ach, woher wissen Sie das? Nein, sein Hund hieß Gassi und er ging Waldi mit ihm. Gab doch nichts anderes, nur Wald! Und so, im Wald, da traf er dann auch andere Urmenschen, die ebenfalls ihre Hunde …

OTTO Jaja – aber Ihr Hund …

ALTE DAME Genau. Über den Hund kommt man ins Gespräch. Sehen Sie uns an! Und selbst die Urmenschen fingen irgendwann an, sich zu unterhalten. Es entwickelten sich sogar Humor und Frohsinn!

OTTO Sie scherzen!

ALTE DAME Auch, ja, sie erzählten sich auch Scherze – allerdings recht dröge. Wir können uns die Scherze der Urmenschen gar nicht dröge genug vorstellen. Also brauchten sie Pferde.

OTTO Zur Flucht?

ALTE DAME Nein. Damit wenigstens irgendwer ab und zu über ihre Scherze wieherte.
Und kaum war das Pferd domestiziert – schon schlug die Stunde der Kuh!

OTTO Als Landeplatz für ihre Höhlenfliegen, wie?

ALTE DAME Unsinn. Wegen der Milch natürlich. Milch hat einen außerordentlichen Nährwert. Schon 0,5 Liter decken den halben Tagesbedarf an tierischem Eiweiß! Und was war die logische Folge?

OTTO Ich weiß es nicht.

ALTE DAME Die Katze!

OTTO Wieso?

ALTE DAME Na, irgend jemand musste die ganze Milch doch wegschlabbern.

OTTO Jetzt versteh' ich alles. Aber …

ALTE DAME So, Zissy, jetzt kannst Du den Mann loslassen … braver Hund!

OTTO Danke.

Am Anfang war der HUND

Gastgeber Otto Waalkes im Gespäch mit Dieter Doofmann.

› Der Opernsänger hat an den größten Opernhäusern dieser Welt gesungen: An der Thailänder Skala, an der Mettwurst New York, an der Kalten Oper Frankfurt und an der Wiener Bratsoper. ‹

OTTO *Herr Dieter Doofmann, Sie sind Sänger?*

DOOFMANN Ja, ähm ...

OTTO *Nein, Moment. Verraten Sie noch nichts. Ich fürchte nämlich, dass kaum einer unserer Leser sich eine rechte Vorstellung von Ihrem Beruf machen kann. Deshalb zunächst eine kleine Einführung: Der Sänger. Lebensgewohnheiten und Verhaltensweisen: Der Sänger singt gern rudelweise. Es kommt aber auch vor, dass sich einzelne, besonders schrille Exemplare vom Rudel absondern, um alleine zu lärmen. Der Sänger steckt sich sein Revier durch Lärmmarken ab. Eindringlinge begrüßt er teils freudig, teils wütend. Entscheidend ist jedoch, dass sich beim Sänger das Lärmloch – es befindet sich in Mundhöhe – in erregtem Zustand um das Mehrfache seines eigentlichen Umfanges vergrößert.*
Der Sänger kann bösartig werden, ist aber durch einen sicheren Orchestergraben vom Publikum getrennt. Zu einem Sängerrudel gehört jeweils ein Pfleger, der nie müde wird, den Sänger mit weit ausladenden Gesten dazu zu bewegen, das Lärmen einzustellen. Doch selbst so bekannte Pfleger wie Herbert von Karamalz oder Ricardos Mutti haben noch kein wirksames Mittel gegen die Sänger gefunden. Dazu sind sie schwierig in Umgang und Pflege und nicht billig in der Unterhaltung.
... Herr Dieter Doofmann, ich habe eben ein kleines Portrait Ihres Berufsstandes gegeben. Hat es Ihnen ein wenig gefallen.

DOOFMANN Nö. Gar nicht.

OTTO *Sind Sie uns böse?*

DOOFMANN Ja.

OTTO *Und jetzt wollen Sie uns etwas vorsingen?*

DOOFMANN Nö.

OTTO *Weil Sie sauer auf uns sind?*

DOOFMANN Ja.

OTTO *Sehen Sie, liebe Leser, ich sagte es ja schon: Eigenwillige Exemplare, diese Sänger.*

OTTOs SOMMERLOCH-THEATER
•PRÄSENTIERT•
Der verlorene Sohn
EIN STÜCK VOM GLÜCK
Es treten fest auf:
HUBERT B. TRÜGER als HERR GLÜCKLICH
ANNA G. WITZT als FRAU GLÜCKLICH
Sowie:
OTTO W. AALKES als DER VERLORENE SOHN
Die Presse urteilt:
»Es kommt selten vor, dass ein Stück von
einer Heimkehr handelt und dennoch
zum Davonlaufen ist.
Hier scheint es gelungen.«

In der kleinen, aber reinlichen Wohnung der Glücklichs. Frau Glücklich bügelt. Da plötzlich klingelt es an der Tür …

HERR GLÜCKLICH *ruft aus dem Nebenzimmer* Du, es hat geklingelt!

FRAU GLÜCKLICH Bei uns?

HERR GLÜCKLICH Natürlich, bei wem sonst? *Es klingelt wieder …* Da! Wieder! Mach doch mal auf!

FRAU GLÜCKLICH Ich geh ja schon! *mürrisch geht sie zur Tür* Ich geh ja schon, ich geh ja schon. *Klingel; laut:* Ich bin ja schon da!

Sie öffnet die Tür. Vor ihr steht ein junger Mann in Uniform …

FRAU GLÜCKLICH … Ja?

JUNGER MANN Frau Glücklich, ich …

FRAU GLÜCKLICH *entgeistert, aber mit Jubel in der Stimme* Nein! Nein!! Das ist doch nicht wahr! Das … Das …

JUNGER MANN *verwirrt* Frau Glücklich, darf ich eintreten, ich …

FRAU GLÜCKLICH Ja … Ja, natürlich, komm, komm … Hierher … hier ins Licht …! Lass dich anschauen … Ja … Ja, natürlich! Ja! Jaa! *zwischen Weinen und Lachen* Ich hab's ja nie glauben wollen, … damals als die Nachricht kam …

HERR GLÜCKLICH *ruft aus dem Nebenzimmer* Mit wem sprichst du denn da, Else? Wer ist denn da gekommen?

JUNGER MANN *auch mit erhobener Stimme* Entschuldigen Sie die Störung, aber ich …

FRAU GLÜCKLICH Ach was! Störung! Jetzt setz dich erst mal, Junge. Komm an den Küchentisch. Komm! Siehst du, dein Stuhl steht immer noch an derselben Stelle, wie vor 15 Jahren … Aber ich wusste, dass du wiederkommen würdest, ich wusste, dass du nicht mit den anderen ertrunken bist, damals, als ich die Nachricht vom Untergang deines Schiffes erhielt und …

HERR GLÜCKLICH *ruft* Wer ist denn da – zum Teufel?

FRAU GLÜCKLICH *ruft* Es ist Harald, Vater! Harald ist zurückgekehrt! Und er ist Kapitän! Stell dir vor! Ach mein Junge, mein Junge!

JUNGER MANN Nein, nein – das ist alles ein Irrtum! Ich bin kein Kapitän, ich …

FRAU GLÜCKLICH Dann bist du eben ein Steuermann! Ich kenn eure Seemannsuniformen nicht so genau … Aber das ist ja auch gleichgültig! Hauptsache, du bleibst jetzt für immer hier – versprichst du mir das, Junge?

Herr Glücklich hat das Zimmer betreten. Hinter seinem Rücken verbirgt er ein großes Küchenmesser …

HERR GLÜCKLICH Wo ist unser Harald? Der da?

JUNGER MANN Ich bin nicht Ihr Harald! Ich soll hier das Gas ablesen.

FRAU GLÜCKLICH Wie früher! Genau wie früher! Damals warst du auch so eine Leseratte! Ach Junge! Junge! Junge!

HERR GLÜCKLICH Sei mal einen Moment ruhig, Mutter! Der da will unser Sohn sein? Hm …

JUNGER MANN Nein! Ich will nicht Ihr Sohn sein!

HERR GLÜCKLICH Das ist keine Frage des Wollens, das ist eine Frage des Seins! Und ich sage Ihnen, Sie sind nicht unser Sohn! Sie sind ein Schwindler!

FRAU GLÜCKLICH Vater! Was sagst du da? Natürlich ist es Harald! Er hat sich etwas verändert, wer würde sich in 15 Jahren nicht verändern, der Wind der Meere hat seine Haut gegerbt, das Salzwasser hat sich in seine Hände gefressen …

JUNGER MANN Bitte darf ich jetzt …

HERR GLÜCKLICH Bleiben Sie, wo Sie sind!

FRAU GLÜCKLICH … aber das Auge einer Mutter, das lässt sich nicht täuschen …

HERR GLÜCKLICH Und wo ist der Leberfleck?!

JUNGER MANN Herr Glücklich, ich will doch nur …

HERR GLÜCKLICH Sie haben hier gar nichts zu wollen! Sie machen jetzt mal Ihren Bauch frei! Wird's bald!

FRAU GLÜCKLICH Vater, leg das Brotmesser hin!

JUNGER MANN Herr Glücklich, ich soll hier doch nur das Gas ablesen … Hier seh'n Sie … hier in meiner Brieftasche … der Dienstausweis, hier bitte …

HERR GLÜCKLICH *ihm ins Wort fallend* Harald! Junge! Du bist es! An der Brieftasche erkenn ich dich! Die schenkte ich dir zur Konfirmation! Harald – das müssen wir begießen! Warte! Ich hol uns ein gutes Tröpfchen … *sich entfernend* … bin sofort wieder da!

FRAU GLÜCKLICH Ach Junge – jetzt wird alles wieder gut, jetzt werden wir drei wieder für immer zusammenbleiben, wie in alten Zeiten … Aber sag mal – warum stehst du denn auf? Warum gehst du zur Tür? Warum schaust du mich so an? Harald! Komm zu Mutti! Komm sofort zur Mutti!

JUNGER MANN Nein … nein, nein!

Hastig flieht der junge Mann aus der Wohnung …

JUNGER MANN Nein!

Die Tür fällt ins Schloss

HERR GLÜCKLICH *normal* Na? Isser weg?

FRAU GLÜCKLICH Weg!

HERR GLÜCKLICH Und hat er das Gas abgelesen?

FRAU GLÜCKLICH Woher denn. Kam ja nicht dazu.

HERR GLÜCKLICH Prost, Muttchen!

FRAU GLÜCKLICH Prost, Vater!

Beide lachen herzlich

ABGANG, VORHANG, … ENDE

INSEL PFARRER

Liebe Inselgemeinde,

die ihr euch hier im Beate **Usedom** versammelt habt im Namen des **Halligen** Geistes: Wir wollen heute drei Lieder miteinander singen – denn **Ale-uten** Dinge sind drei …

Das erste Lied kennen wir: »**Balearen** wieder kommt **Ibizza**s Kind …« Sodann singen wir folgende **Ceylon**: »**Britannien**baum, **Britannien**baum wie **Grönland** deine Blätter …« Und als drittes stimmen wir den schönen Choral an: »Das kann doch einen **Fehmarn** nicht erschüttern …«

Doch bevor es weitergeht im **Texel**, möchte ich euch erzählen, was mir auf eurer Insel zugestoßen ist an diesem gesegneten Sommermorgen als Diener unseres **Eilands Monte Christo**: Als ich erwachte, war da ein gewaltiger Lärm: »Ist es der Wind, der wieder **Mallorca**nstärke erreicht hat?«, fragte ich mich. »Spielt da etwa jemand auf der **Kuba**? Oder **Kreta** schon irgendwo ein Hahn?« O nein: Es war **Sankt Helena**, eine meiner alten Sixtanten, die mich mit den Worten: »Hochwürden **Sylt** wohl **Taiwan**sinnig geworden, alter Stuben**Hokkaido**, raus aus dem **Belt**! Aber ein bisschen **Bali-Bali!**«, von meiner **Sumatra**tze scheuchte. Mir war seehundeelend: Leider fand ich kein Alka Seltzer.

Deswegen huschte ich hinüber in die **Djer-Bar**: Dort gab es wenigstens ein **Alkatraz** wahlweise mit einer Tasse **Teneriffa** oder einem Kännchen **Macao** und dazu ein hart gekochtes **Norderney** ohne Salz. Das ganze für eine **Neu-Guinea** fünfzig! Das war schon starker **Tobago**! Ich rief die Frau Wirtin: »Aber **Trini, dad** sind ja umgerechnet mehr als 1000 **Terschelling**!«, beschwerte ich mich, doch sie sagte ungerührt: »Nu machen Sie mal **Falkland** – **Sansi bar** oder mit Scheck?«

Mein **Cata Lina** machte **Maoi Maoi**, die Kühe machten **Mururoa**, und ich machte mich auf den Weg zum Beate **Usedom**. Da war ein Flirren und Sirren in der Morgenluft von Millionen **Mykonos**. **Phili Pinen** summten und brummten von Blüte zu Blüte – alles hätte so lustig sein können, wären da nicht meine lästigen **Hebriden** gewesen, die wieder einmal juckten und brannten wie **Feuerland**.

Juist in diesem Moment sah ich ein Kind, das noch keine sieben **Ja Wa**. Es **Bork um** die Ecke und trat mir voll auf den

EBBE EBBESEN

Fuß, genau auf mein **Spiekeroog**. »Verflucht«, sagte ich geistesgegenwärtig, »der unterste war **Mainau**!«
»Weiß ich **elba**!«,sagte das Kind und steckte den Finger in die Nase. So sprach ich zu seinem Vater: »Ihr Kind ist schlecht **Azoren**, guter Mann, sonst würde es nicht in aller Öffentlichkeit **Indo-Nesien Borneo**!«

Er aber sagte nur: »Sie **Cayennen** mich mal, Sie **Zypriot**!«
»Auch Ihre Zeit ist **Balt rum**«, **Fehmarnte** ich ihn, »und wenn Sie dereinst an der Himmelspforte **Seychellen**, wird der **Eiland** Sie mit den gleichen Worten abweisen: Sie **Cayennen** mich mal, Sie **Zypriot**!« Da zog er eine Waffe und sprach: »**Lofoten** hoch! Ich **Cele bes** drei!« – »Sind Sie **Faröer** geworden, **Sri Lanka**ariger Affe!«, schrie ich ihn an: »Wissen Sie denn nicht, auf wen **Si zilien**!?« Doch er entriss mir meinen neuen Leder**Korfu** und flüchtete in vollem **Galapagos**.

Dann kam ich an einem Haus vorbei, und erblickte darinnen eine Frau sich die Haare **Fünen** bei offenen **Sardinien**. Die war splitter**Naxos**. Und ein Mann linste lüstern zum Fenster hinein. »Hinten **Antillen**!«, sagte er frech. Und ich sprach:
»Wir sind hier nicht auf Sodom und **Gomera**, Lustmolch! Schämst du dich nicht, solch **Lange Oogen** zu machen?«
»Aber da ist doch nichts **Hawai**«, erwiderte er, »ich bin Künstler und **Male Diven**.« – »Du malst Diven?« – »Ja, und ich erfreue mich am matjestätischen Anblick ihrer schönen **Formentera**.« – »**Bahamas** doch!«, tobte ich, denn ich glaubte ihm kein Wort: »**Rügen** haben kurze Beine! Was ragt denn da aus deinen **Helgolenden**?«
»Ach«, sprach er, »das ist doch nur mein kleiner **Bornholm**.«
»Mir sieht das mehr aus wie eine ausgefahrene **Lanzarote**! Und warum siehst du plötzlich so **Rhod os**? Gestehe!«, rief ich, »dich erregt der Anblick ihrer unbedeckten **Spitzbergen** und ihrer rasierten **Formosa**!«

Und wahrlich, ich sage euch:
Ob Bornholm oder Lanzarote, der liebe Gott sieht alles, denn er hat eine **Gnade Loupe**! Und sei's nur ein kleiner **Wyk** auf **Föhr** – in Ewigkeit, …

… Amrum!!!

• LEXIKONVERTRETER •

VERTRETER: Gnädige Frau, was lesen Sie gern?

KUNDIN: Alles – außer Seemannsromane.

VERTRETER: Dann habe ich hier genau das Richtige für Sie: Dr. Müllers Universallexikon – das gesamte Wissen unserer Zeit, millionenfach bewährt, hunderttausende von Stichwörtern, zehntausende von Abbildungen, alle mehrfarbig …

KUNDIN: Meerfarbig? Blau – wie das Meer? Das hört sich aber stark nach Seemansroman an! Und ich hasse Seemannsromane! Da sind die Männer immer monatelang von zu Hause weg und Frauen kommen überhaupt nicht vor!

VERTRETER: Aber, gnädige Frau, dies Buch hier …

KUNDIN: Zeigen Sie mal her. Wie geht es denn überhaupt los? … Aha, die Geschichte spielt also in Aachen … Aachen, Grenzstadt, 176000 Einwohner, 174 Meter über dem Meeresspiegel – also doch: der Roman spielt über dem Meeresspiegel …

VERTRETER: Aber gnädige Frau …

KUNDIN: Na, immer noch besser als unter dem Meeresspiegel, so kommen wenigstens keine U-Boote darin vor – aber was kommt überhaupt drin vor … Aale! … Wandern zur Fortpflanzung ins Sargassomeer – typisch, nicht mal fortpflanzen tun sie sich zu Hause, wie die Matrosen! Wann kommen denn überhaupt die Matrosen? … Matratze … Mätresse … Matrone … Matrose – jaja, das sieht denen ähnlich: in jedem Hafen 'ne andere … ob Mätresse, ob Matrone, alles wird auf die Matratze geworfen, na, da wünsch ich viel Spaß bei der Fortpflanzung im Sargassomeer!

VERTRETER: Aber gnädige Frau …

KUNDIN: Moment, ich will eben noch nachschauen, wie die Schweinerei ausgeht … Aha … Zypern … Zypresse … und da kriegen Sie eine Zyste, na siehste … Zyste … flüssigkeitsgefüllte Blasenschwulst! Das ham Sie nun davon: an jeder Küste 'ne andre Zyste! Das kenn' ich zur Genüge! Mein Mann fährt nämlich auch zur See, seit 25 Jahren, und nach Hause kommt der nie! Aalt sich wahrscheinlich zystematisch mit irgendeiner matronenhaften Mätresse auf einer Matratze unter einer Zypresse auf Zypern! Und Sie haben die Frechheit mir diesen Seemannsroman aufschwatzen zu wollen? Da haben Sie Ihren überflüssigen Blasenschwulst, Sie, Matrose, Sie!

BRUNO BRÖTCHEN

Eine backende Erfolgsgeschichte

3 2 0 −1

Liebe Schulabgänger!

Die Schule liegt nun hinter euch – kein Grund sich dauernd umzudrehen – , ich meine die Schulzeit! Jetzt geht es um eure Karriere! Ich weiß: die Ansprüche, die im Berufsleben an jeden von euch gestellt werden, sind hoch, zu hoch, zumindest für Versager wie ihr es seid. Da mag nun mancher von euch über den Sinn dieses Satzes brüten und denken: Nein, das versteh ich nicht. Das ist mir zu hoch! Das krieg ich in meinen Kopf nicht rein – das schaff ich nie – ich nicht! Ich bin ein Versager! – Und ihr habt ja so recht! Aber ich will euch nicht allein lassen in eurer verzweifelten Lage, sondern ich will euch ein Beispiel geben, das so einfach ist, dass selbst ihr es begreifen könnt. Ich will euch die Geschichte von Bruno Brötchen erzählen!

Er war wie ihr: oft unbrotmäßig in seinem Betragen, tat er sich hart mit dem Lernen und härter noch mit dem Begreifen. Doch er wusste: Begreifen oder begriffen werden – das war die Frage! Und so stieß er sich seine Hörnchen ab, ließ sich die Butter nicht mehr vom Brot nehmen und durch autogenes Training erlangte Bruno Brötchen das Schrippendiplom! Damit nicht genug: Nun wurde er selbst ein Lehrer und Künder!

Segensreich hat er gewirkt und allerlei Backwerk, auch und gerade Salzstangen zum baldigen Verzehr bekehrt. Dafür ward er endlich mehlig gesprochen und – ich weiß, es klingt unwahrscheinlich – in den Frikadellenstand erhoben. Bruno Brötchen hat mehr erreicht als je ein Brötchen zuvor. Sogar Kinder können ein Lied davon singen. Zum Beispiel dieses: ‚Brötchen klein ging allein ... ' und dieses: ‚Ein Brötchen steht im Walde ... '. Oder ‚Alle meine Brötchen schwimmen auf dem See'. Oder aber auch ‚Frau Wirtin hatte auch ein Brötchen ... ' – Aber wie es weitergeht sollt ihr erst erfahren, wenn ihr es zu etwas gebracht habt. Und sei es auch nur zum Ich-weiß-dass-ich-nichts-Weiß-Brot!

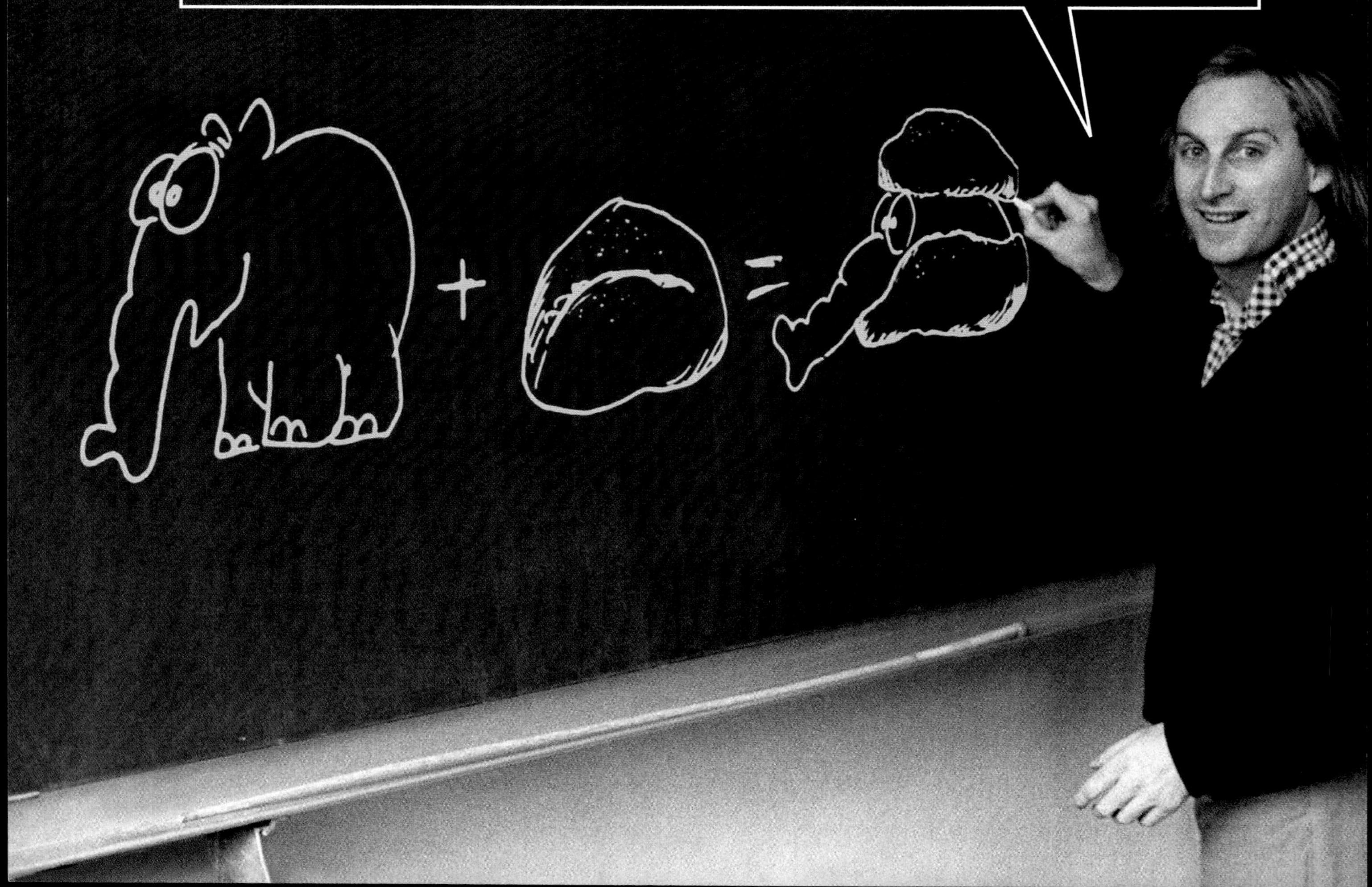

TV-BRUTAL
Die dümmsten Filme aller Zeiten:
Jonny Depp in
A.I. - Außerirdische Indolenz
Mario Adoof als
Der Jäger des verlorenen Satzes
Claudia Cardinale und Hob Pope in
Planet der Pfaffen
Krieg der Stirne Teil XIII:
Das Schulministerium schlägt zurück
Angela Ferkel und Esther Schweins in
Harry Potter und das Schwein des Weisen
Rudolf Scharping ist
Der Trottel vom Dienst
Dummy Moore isst
Mary Popcorn
Powered by DEMOLITION
Alle Blickbuster auf einen Block
Sexklusiv!
Halbnackte Tatsachen
jetzt auch noch in TV-Brutal

STAR DES MONTAGS: OTTO

In einer vorbildlichen Rückrufaktion hat der ostfriesische Komiker seinen Fans Gelegenheit gegeben, ihm alte Autogramme persönlich zurückzugeben. Tausende nutzten die Gelegenheit, ihre Erinnerungsstücke so billig loszuwerden. Im Rahmen einer festlichen Altpapiersammlung im Reißwolfsaal der Residenz Müllheim gelobte der freinehmige Star feierlich Besserung: „Ich will es auch nie wieder tun!" Danach musste er noch stundenlang Autogramme geben.

Neulich bei:

WETTEN DASS ...?

DER TAGESSCHAUPRECHER

Es war einmal ein Tagesschausprecher, der hatte seinem Sender viele Jahre lang treu und redlich gedient. Doch nun war er alt und zahnlos geworden und machte immer mehr Fehler beim Nachrichtensprechen. So sagte er statt ‚UNO-Generalsekretär Kofi Anan' ‚Friedensnobelpreisträger Doofi Danndann' und zu Jörg Haider sagte er ‚Adoof Hitler'. Ein anderes Mal nannte er einen Palästinenserführer mehrmals ‚Palästinenserfeudel', den US-Verdeidigungsminister Rumsfeld ‚Bumsfeld' und den Bundeskanzler ‚Bumskanzler', und als Außenminister Fischer einmal fischen gegangen war, fragte er sich, was wohl Ministerpräsident Vogel gerade mache … Und schließlich kam es gar so weit, dass er überhaupt nicht mehr richtig sprechen konnte, statt ‚Fr' konnte er nur noch ‚Mm' sagen, und als er eines Abends die Nachricht verlas: „Unter dem Motto: ‚misch, momm, möhlich, mei' eröffnete der CDU-Maktionsvonsvorsitzende Miedrich Merz in Mankfurt am Main das Mauentreffen der Meikörperkulturmeunde …".
Da sagte der Intendant zu seinem Programmdirektor: „Ist das nicht schrecklich mit unserem Nachrichtensprecher? Ich denke, wir werden ihn notschlachten müssen."

Diese Worte hörte der Nachrichtensprecher und er begann vor laufender Kamera bitterlich zu weinen. Das wiederum sah eine gute Fee und sie rief gleich nach der Tagesschau im Sender an und fragte den traurigen Mann: „Warum hast du denn so geweint alter Tagesschausprecher?" „Ach", antwortete der, „ich bin so traurig, weil ich kein ‚Mm' mehr aussprechen kann." Da sagte die Fee: „Ich weiß gar nicht, was du willst, das geht doch prima. Kann ich sonst noch was für dich tun?" „Ach ja", sagte der Nachrichtensprecher, „wenn Sie einen alten Meund wieder moh machen wollen, meundliche Mau, dann …" „Wie bitte?", rief da die Fee, „ich versteh immer nur Bahnhof!" Und mit diesen Worten hängte sie verärgert ein und der Nachrichtensprecher wurde noch in derselben Nacht standrechtlich an den neuen Sender " Mein Berlin " verkauft. In der ARD aber haben wir seither den Herrn Wickert und der macht es ja ganz gut – noch!

OTTO THE VOICE

Stationen einer außergewöhnlichen Karriere

Der Aufbruch.

Alles beginnt bei den ‚Backyard Boys'. Dieser Emdener Jugend-Brummchor der Ems-Kosaken versucht mit neuem Namen und einem Lied-Sänger, der ein Instrument spielen kann, sein mieses Image aufzubessern. Es gelingt. Von nun ab ist es obermies. Bis Otto – The Voice schließlich die Gruppe verläßt, weil er nicht gleichzeitig singen, Gitarre spielen und sich die Ohren zuhalten kann.

Der Durchbruch.

Nach jahrelangem Wegschauen und minutenlangem Casting gelingt der Sprung zur TV-Band ‚Backstage Boys'. Die Gruppe hat sich ursprünglich unter dem Namen ‚No Ekels' zusammengetan, muss aber per Gerichtsbeschluß das ‚No' wieder abliefern; nennt sich dann ‚Brosits', verfällt dem Alkohol und auf die Wahnsinnsidee, mit Otto - The Voice da wieder rauszukommen. Wie denn!?

Der Armbruch.

Probleme bei den ‚Backstreet Boys'? Und ob! Otto – The Voice hat verkündet, dass er aussteigen will! Auf dem Abschiedsfoto können die englischen Waisenknaben Schmerz, Verzweiflung und Niedergeschlagenheit kaum noch unterdrücken, geschweige denn auseinander halten. Auf wessen Schulter soll man denn in Zukunft sein dick bandagiertes Handgelenk ablegen? Und wer bricht einem in Zukunft die Finger, nur damit er mal einspringen kann?

Der Ausbruch.

Riesenjubel bei den ‚Becksbier Boys'! Sie sind ihren Sänger los! Seit sie ihren Mitarbeiter Otto - The Voice für drei Jahre zum Bierholen weggeschickt haben und sich nun ‚Friesenjungs' nennen, können sie endlich wieder als Motteten-Chor auftreten. Und die Zukunft? Otto hatte gewarnt: „Ihr braucht Euch nur umdrehen und aus dem Fenster schauen, dann wißt Ihr, wie es aussieht: zappenduster!"

aktuelles vom deutschen Film:

DIE LETZTEN BEIDEN STUNDEN VON BERLIN

TWOM TYKER

Regisseur **Twom Tyker**

Neues vom Film. Berlin ist wieder im Begriff ein Begriff zu werden. Katastrophales ist nun zu berichten aus der bekannten und beliebten alten und neuen Hauptstadt.

Wie konnte es dazu kommen? Nun, die Katastrophenwelle rollt, und nach Klassikern wie Ingmar Bergmans ‚Wilde Erdbeben' und neueren Blockbustern wie ‚Das 1:5 gegen England' ist nun auch der erste rein deutsche Katastrophenfilm in unsere Lichtspielhäuser gekommen.

Twom Tyker (‚Cola brennt'), der sattsam unbekannte Nachschubregiseur, gab seinem Streifen den Titel ‚Die letzten beiden Stunden von Berlin'. Zwei Stunden, die in Tykers Regie anscheinend nicht enden wollen – gefühlte Filmlänge: Ewig und drei Tage.

Daran ist nicht nur das Drehbuch schuld: Offensichtlich angeregt durch die wahllose Lektüre diverser Katastrophenhandbücher, wie der Bibel, der Steuerreform und der ‚Letzten Tage von Pompeji' hat Tyker sich eine Handlung einfallen lassen, die Kenner Berlins, gelinde gesagt, befremden muss.

Nachdem das Brandenburgertor bei den Dreharbeiten völlig demoliert worden war, gingen Berliner Filmstudenten tagelang auf die Sraße.

Da ist einmal der Versuch einer Dreierseilschaft, bestehend aus Jürgen Drews, Dieter Bohlen und Michel Friedman, nach der geglückten Besteigung von Ariane Sommer nun die Wintererstbesteigung des Kreuzberges in Angriff zu nehmen. Oben angekommen, läßt Tyker diese drei Herrschaften feststellen, dass die Sonneneinstrahlung hier oben einfach nicht ausreicht, jedenfalls nicht zur Erreichung der ungesunden Gesichtsfarbe, die diese drei Negerdarsteller sich versprochen haben. Statt die drei braun zu machen, will Tyker uns weismachen, dass der Kreuzberg – ein angeblich seit Jahrhunderten erloschener Vulkan – wieder in Bewegung geraten ist. Im Angesicht seiner Besteiger kotzt er jedenfalls Feuer, und gewaltige Lama-Massen drohen, auf die Stadt herunterzuspucken.

Nur die Berliner Bevölkerung ahnt noch nichts von dem grässlichen Schicksal, dass Tyker ihr zugedacht hat. Die Weltuntergangswarnanlage klemmt, da ein gewisser Rezzo auf dem Schlauch steht, und während das ebenso sündige wie mündige Wahlvolk im Grunewald die Einweihung einer neuen Curry-Wurst-Bude mit ekstatischen Tänzen und einer gigantischen Senf-Parade feiert, birst im Zentrum der Ku-Damm und mit schrecklichem Getöse ergießt sich die Krumme Lanke ins Café Einstein.

Zugleich stürzen sich die gewaltigen Lamamassen in den von Ottfried Fischer und seinen gewaltigen Massenchören bereits hoffnungslos überfüllten Zoo, und während zehn herumfliegende Untertassen sich vor dem drohenden Erdbeben in eine Geschirrspülmaschine flüchten, dort aber gemeinsam mit Uschi Glas von gewaltigen Wassermassen überflutet werden, verliert Tyker langsam, aber unsicher den nie vorhandenen Überblick.

Masse plus Gewalt – diese Formel galt bisher für erfolgreiche Katastrophenfilme. Doch in diesem Fall macht es die Masse nicht.

In Zehlendorf verwüstet ein massiver Bouletten-Hagel Vorgärten und Hinterhöfe, im Sportpalast meutert die gewalttätige Palastwache von der ‚Leibstandarte Joschka Fischer' und Ex-Bundeskanzler Helmut Kohl geht ins Wasser, was den Wannsee über die waldigen Ufer treten lässt. Die Berliner Luft verfinstert sich zwar wohltuend, doch im Schöneberger Krankenhaus brennt leider noch Licht, und während wir unschuldig Augenzeugen werden, wie Klausjürgen Wussow dort als Professor Sauerbruch den heftig pubertierenden Sängerknaben die gebrochenen Stimmen schient, und sich endlich auch noch Hannelore Elstner für Iris Berben ausgibt und in der ehemaligen Prachtstraße ‚Unter den Blinden' ihren Titelsong: ‚Iris Berben darf nicht sterben!' sirenenhaft anstimmt, da fragt sich der Zuschauer denn doch mit den Worten des Reagierenden Bürgermeisters Klaus Wowereit: Was soll's? Und heiratet Gregor Gysi.

Die Werbung hatte uns einen ‚Katastrophenfilm von eukalyptischen Ausmaßen' versprochen und damit so Unrecht nicht. Twom Tykers Streifen ist in der Tat eine einzige Katastrophe, die auch Jenny Elvers in ihrem hinreißenden Comeback als schadhafte Erdbebenwarnanlage nicht aus dem Fegefeuer reißen konnte.

TAGESTIPP

ERNST & ERNEST

So wie in dieser ostfriesisch-amerikanischen Co-Produktion hat man die beiden Starkomiker zum Glück selten gesehen: Als Ernst (Otto Waalkes) und Ernest Cholesterino (Steve Martin) spielen sie ein gleiches Brüderpaar, das vor demselben Problem sitzt: Beide haben von einem Trauerkloß gegessen, der ihnen nun schwer im Magen liegt. Eine Portion Dackelpudding zum Nachtisch macht den Kohl erst richtig fett. Und voller Bauch outriert nicht gern. Da helfen auch keine kalten Kompressen, da hilft nur noch der Donnerbalken. Ein misslungener Angriff auf die Schließmuskeln!

O: Ernst & Ernest, D/USA 2002 **R:** Jean Claude van Darm **D:** Steve Martin, Otto Waalkes **FSK: ab 1**

Prädikat: Schwer verdaulich!

Drei torreiche Halunken

Die Geschichte dreier Goalgetter (Franz Beckenbauer, Uwe und Otto Seeler). Eine turbulente Einwechselungskomödie: Immer wenn Torjäger Uwe keinen Torerfolg hat, wechselt Trainer Franz den untalentierten Balljungen Otto ein, der Uwe zum Erschlagen ähnlich sieht und die gegnerischen Manndecker so verwirrt, dass die Mannschaft den Sieg schon so gut wie in der Tasche hat. Doch irgendwann ist die Tasche voll und die Flasche Otto will von Anpfiff an spielen und dass mit Uwes Rückennummer …

O: The Good The Fat and The Ugly, M/HH/EMD 2002 **R:** Tore Torwesten **D:** Franz Beckenbauer, Uwe und Otto Seeler **FSK:** –

Spielfilm zum Abschalten

ROCKY VII

Der ewig junge Sylvester Stallone (Otto Waalkes) hat sich einen neuen Herausforderer gesucht: seinen eigenen Manager Henry ‚Die Maske' Ventura (Jim Carey). Denn diesmal will Sylvester auf Nummer Sicher gehen: ‚Die Maske' ist einen Kopf kürzer, hat länger nicht mehr im Ring gestanden und ist finanziell abhängig von seinem Idol. Doch Sylvester zeigt, dass man auch die größten Vorteile ausgleichen und den einseitigsten Kampf glatt verlieren kann. Nichts für starke Nerven!

O: Rocky VI, D/USA 2002 **R:** Hauke Rein **D:** Jim Carey, Otto Waalkes **FSK: ab 6**

Spielfilm zum Entspannen

SMOKY VII:
Killer-Cohibas greifen an

Smoky (Otto Waalkes) hat endlich wieder einen ebenbürtigen Gegner gefunden. Nach dem leichtgewichtigen Lord Extra soll er diesmal den Grafen von Monte Christo (Arnold Schwarzenegger) einäschern. Doch unser Mann mit Havanna hat den blauen Dunst schnell durchschaut: „Hier ist Nichtraucher, Baby, lass uns draußen weiter schmöken …“ Damit endet dieser teure Stumpen reichlich nebulös.

O: Smoky VII, D/Ö 2002 **R:** Dick Dannemann **D:** Arnold Schwarzenegger, Otto Waalkes **FSK: ab 16**

Achtung! Überlänge

UNTERHALTUNG

HATSCHI – Die Große Grippegala

... zugunsten der Aktion ‚Gesundheit!'
Da kann Starnase Otto Waalkes nur staunen: Sein ganzer Schnupfen ist wie weggeblasen. Alles im zauberhaften Schnupftuch von Starzauberer David Copperfield. Ja, Gesündigkeit ist keine Hexerei! Weitere Stargäste: Konstantin Wecker und Christoph Daum. Schnupfpatronin der Veranstaltung ist Weltstar Whitney Husten.

FÜR GEHÖRLOSE

live Ein ganzer Abend mit Odette

Eltern sperrt die Kinder ein, Odette macht ihren Sängerschein!

Odette, die beleibte Diseuse aus Ditzum, bekannt als ‚Mademoiselle 1000 Watt-Nu', Gewinnerin des Preises der deutschen Friedenstauben, singt erstmals Jacques Brüll! Ihre erfolglosesesten Titel:
‚Du hast geraucht viel LORD!',
‚Es geht ein Träner auf Reisen',
‚Heiße Hosen aus Athen'
um 21 Uhr 15 auf SCHNUPPER-RTL.

THEMENABEND

KÄSE auf ARTE

Ein spannender Themenabend auf ARTE zum Thema: **Käse**

20.40 Einführung in den Käseabend. Es spricht Käsine von Dü aus Ranzig

20.45 **DETEKTIV ROQUEFORT**
in *‚Der Fall stinkt zum Himmel'*:
Alarm in **Cheeseburgh**: Detektiv **Roquefort** muss eine Bande von **Cracker**-Dealern auf seinem **Harzer Roller** verfolgen, sehr zum Unwillen von **Don Provolone**.
In einer abhörsicheren **Appenzelle** bringt er den alten **Gouda** zum Schmelzen.
Doch das **Munster** in Menschengestalt schwört Rache und entführt Effi **Brie**, die **Roquefort** als **Tilsitter** für sein **Babybel** engagiert hat. Auf dem Behinderten-**Quark**platz geht es in die letzte **Rinde** …

22.15 **Camem Bert**! Vollfettes Tanztheater! Ein **Raclette** in der Choreographie von **Bel Paese** nach Bert Brechts Stück *‚Die kaukäsische Käseecke'*

23.45 Peter **Handkaes** liest aus dem ‚**Blauschimmel-Reiter**' von Emil **Gorgonzola**

23.55 Hilfe, Robert **Musi** kommt! Volksmusik mit den Original **Emmentaler**-Kässpatzen

00.45 *‚Für ein* ***Parmesan*** *mehr'* **Crottin**schlechter Western mit Jean Claude **Edam**

Danach: **Funkstilton**

TOPS & FLOPS

TOPS

1. Wer wird Billionär?	Mit Günther Jauchquadrat	100 Millionen Zuschauer
2. Wassen das?	Mit Omas Gottschalk	10 Millionen Zuschauer
3. Sissy IV – Greisenjahre einer Heiseren	Mit Omi Schneider	1 Millionste Wiederholung

FLOPS

1. Bratort – Ein tödliches Rezept	Mit Alfred Bioleck	0,7 Millionen Zuschauer
2. Sabinsen	Politessen bei Christiane Sabinsen	0,07 Millionen Zuschauer
3. Marcel allein Zuhaus	Ein Solo für Marcel Esreicht-Ranitzky	7 Zuschauer

& SONST?

Adolf Schlimme-Preis für Harry Hirsch !

Gerüchen zufolge geht der angesehene Fernsehpreis in der Sparte ‚Uns bleibt nichts erspart' diesmal an Starreporter Harry Hirsch für seine Dokumenationsreihe:
‚Blau in der Wachau',
‚Duhn in Kamerun'
und ***‚Breit in Kuwait'***.

Wahrscheinlichkeitsgrad: **Hochprozentig!**

Ihre TV-BRUTAL Tagestipps

DOKUMENTATION

Unternehmen »Barbarotto«

In seiner Serie ‚Schröders billige Helfer' stellt Dr. Guido Knallknopp heute den Mann vor, dem als Botschafter der guten Laune der erste erfolgreiche Eroberungsfeldzug des russischen Riesenreichs gelungen ist: Otto, der Barbar. Otto (dritter von links) strahlt. Otto (zweiter von rechts) scheint hochzufrieden. Und die Rote Armee unternimmt nichts gegen die allgemeine Verblödelung ihres Vaterlandes. Beschämend!

SPORT

live UÄFA CHAMPIGNONS-LEAGUE

Das große Finale, live aus dem Vorschulstadium in Klein-Borstel. Titelverteidiger ‚Heimschwach Pilsum' strotzt vor Selbstvertrauen. „Wem soll ich denn sonst vertrauen?", fragt sich Trainer Max Murkel wohl zu Recht. „Egal wer der Gegner ist, wenn er führt, schalten wir eben unser Flutlicht aus. Und egal wie er spielt – wir spielen mit einem Mann mehr!" Geheimwaffe Otto Seeler (wie immer in der Bildmitte) hat sich schon den Trainingsanzug angezogen. Wir bleiben objektiv: Der Kleinere möge gewinnen!

POLITIK

Bundestagswahl 2002: Die Ottifantenrunde

Deutschland hat gewählt, die Ergebnisse liegen vor: Traditionell diskutieren die Parteivorsitzenden sie mit ihren Ehefrauen.
Doch ob Bundeskanzler Schröder (links) heute abend noch Grund zum Grinsen hat? Der sensationelle Aufstieg des Newcomers Otto Waalkes von der OEP (Ostfriesische Erfolgspartei) wird es den Etablierten schwer machen, dreistellige Prozentzahlen zu erreichen.
Karl, der Spatzenkandidat der DALL-Partei (für mehr Bier und Ordnung) ahnt wohl schon Schlimmes: „Wieso hat der ein Bier und wir nicht?", scheint sein grimmer Gesichtsausdruck zu sagen.
Nun hat der Wähler das Wort zum Sonntag.

KLASSIK

Faust – Der Tragödie allererster Teil

Für eilige Zuschauer: In der Interpretation von O. Waalkes dauert der berühmte Monolog weniger als eine Minute – stoppen Sie selbst!

„Habe nun, ach, Philosophie, Juristerei und leider auch Theologie studiert …"

„Ächz! Würg! Kotz!"

„Hier sitz ich nun, ich armer Tor, und bin so doof als wie zuvor. Dankeschön!"

ARCHIV

Eine historische Begebenheit aus dem Jahre 1985

OTTO – Der Film

O: Hallo, Herr Produzent Wendlandt, wie läuft mein Film?
W: Welcher Film denn, Otto?

O: Otto der Film!
W: Ach der … Ruf doch mal beim Verleih an, Angela!
A: Schon dabei, ich leg's auf Ihren Apparat, Herr Wendlandt …

W: Na, waren schon Zuschauer drin? Ich drück dir die Daumen!
O: … ja, ich höre …

O: Vierzehneinhalb – wieso einhalb?
W: Na, da müssen wir wohl den Gürtel enger schnallen …

O: Vierzehneinhalb Millionen Zuschauer!
W: Was? Ich muss mich stützen …

W: Ich wusste doch gleich, dass das der erfolgreichste deutsche Film aller Zeiten wird!
O: Ich nicht – aber trotzdem schön!

Folge 12

UNSER FORTSETZUNGSDREHBUCH

KAPITÄN UNERMÜDLICH
und seine sexuellen Wahnvorstellungen
heute:
GISELA GREIFT EIN

Was bisher geschah: Der Kapitän hat sich durch unermüdliche Lektüre von ‚Porno Poppenspäler' und ähnlichem immer mehr in sexuelle Wahnvorstellungen verstrickt. So glaubt er zum Beispiel, dass Vater und Mutter die kleinen Kinder machen, wenn sie sich sehr, sehr lieb haben. Links und rechts nennt er Luv und Lee, und das spricht ja wohl Bände. – Gisela, die geistig überlegene Gesprächstherapeutin, glaubt, nach zweiwöchiger Therapie an den Kern seiner Probleme vorgestoßen zu sein, und stellt ihm die alles entscheidende Frage:

GISELA: Herr Kapitän, wann kam Ihnen zum ersten Mal der Verdacht, dass Wasser keine Balken hat?

KAPITÄN: Nun, das war so. Ich war im Pimpadero, dem fliegenden Bordell von Marakesch …

GISELA: Herr Kapitän!

KAPITÄN: Na ja, der Wahrheit die Ehre: Sie wissen ja, dass ich nicht im Pimpadero, dem fliegenden Bordell war, sondern mir ‚Sex auf Rädern' bestellt hatte …

GISELA: Herr Kapitän!

[Tür wird aufgerissen]

MAAT: Herr Kapitän!

KAPITÄN: Was ist denn los, Herr Maat?

MAAT: Herr Kapitän, das Schiff geht unter!

KAPITÄN: Waas?! Alle Mann in die Betten!

Erleben Sie, wie in der **nächsten Folge Gisela**, die geistig überlegene Gesprächstherapeutin und **Maat Mehrfach** im gleichen **Rettungsbett zusammenstoßen** … aber mehr können wir wirklich noch nicht verraten – den Rest müssen wir uns erst noch ausdenken.

TV-FILMKRITIK

mit >> Kritiker Uwe Lütje-Lage

DAS ALLERLETZTE

»DIE GOTTS – *Roman einer Familie*«

Mit erstaunlich niedrigem Etat hat Dr. Dieter Pudel das Neue Testament neu verfilmt. Unser Kritiker Uwe Lütje-Lage hat den ersten Teil des Zwölfteilers »Die Weihnachtsgeschichte« gesehen und fragt nun, wie das zu sich ging.

Nach seinen letzten Mega-Flops ‚Die tote Meile' und ‚Die Affaire Däumeling' ist Misserfolgsregisseur Dr. Dieter Pudel bescheiden geworden, zumindest was den Etat betrifft.

Für schlappe tausend Euro pro Folge hat er versucht, sich und die Heilige Schrift in Szene zu setzen. Das hört sich gut an – doch wie sieht das aus?

Was sich hier als Heilsgeschichte ausgibt, entpappt sich bei näherem Hinsehen als heillos hingeschluderte Hochstapelei: So viel Product-Placement, Public-Relation und Promotion waren wohl noch selten auf einem Bildschirm versammelt. Stutzig macht bereits der Einstieg, wenn die brandheiligen Hauptdarsteller in ein Bethlehem einziehen, das aus einer einzigen Ansammlung luxuriöser Hotelbauten und mondäner Schlemmerlokale besteht, und wenn sie dank eines hervorragend funktionierenden Zimmernachweises auch sofort Platz in einer der Nobel-Herbergen bekommen, der als ‚Holyday Inn' bloß ein kleines ‚l' fehlt, um seine wahren Besitzer erkennen zu lassen.

Unser Kritiker Uwe Lüttje-Lage bei der ‚Arbeit'.

Anfänglicher Argwohn wird zur Gewissheit, wenn dann die Hirten auf dem Felde sich wie zufällig als ‚Hilton' auf dem Felde titulieren, wenn statt der geflügelten Himmelsboten ein Interconti-Engel namens ‚Steigenberger' eine frohe Botschaft verkündet, die lediglich aus dem Wort ‚4 Jahreszeiten' besteht. Man mag Verständnis dafür haben, dass das Hotel- und Gaststättengewerbe sein von der Weihnachtsgeschichte herrührend schlechtes Renommee aufzubessern versucht. Doch dafür hätte es eines Regisseurs bedurft, der sich dieser Aufgabe mit Delikatesse, Fingerspitzengefühl und neuer Sensibilität angenommen hätte; nicht aber eines Dr. Dieter Pudel, der noch nicht einmal vor einer Szene zurückschreckt, in der ein neugeborener Gottessohn in einer pompösen Happy Hour auf den Namen ‚Kempinski' getauft wird.

Die Entgleisungen häufen sich: da überbringen die Gebrüder König vom Mövenpick-Konzern dem Kindlein Verzehrgutscheine für einen Irish Coffee, da taucht ein Herodes als Förster aus dem Wienerwald auf, der von Dr. Pudel als Organisator des Bethlehemitischen Hähnchenmordes hemmungslos gefeiert wird, und da kämpft ein Spesenritter namens Dieter in einer nur allzu durchsichtigen Allegorie gegen den Drachen Fiskus.

So wird es nicht wundernehmen, wenn in den nächsten Folgen selbst die Evangelisten ausschließlich mit dem Verfassen von Speisekarten beschäftigt sind, die Pharisäer im Maggi-Kochstudio tagen, und der Herr Jesus im Rahmen seiner Bergpredigt das Braten mit Biskin empfiehlt.

Und spätestens, wenn der Herr sein Kreuz bei IKEA direkt abholen und die Nägel aus dem OBI-Baumarkt mitbringen muss, kann hier nicht mehr von Schleichwerbung, nein, es muss von Trampelreklame gesprochen werden. Und trampelfestes Schuhwerk kauft man natürlich im Schuhhaus Watschel in der Fußgängerzone, das empfiehlt Ihnen:

Ihr Uwe Lüttje-Lage.

Hier geht wirklich alles den Bach runter: Auch Moses, dressed by Laura Ashley und sponsored by Wonderbra (Körbchengröße 7) macht da keine Ausnahme. Zu wissen es ist Playtex!

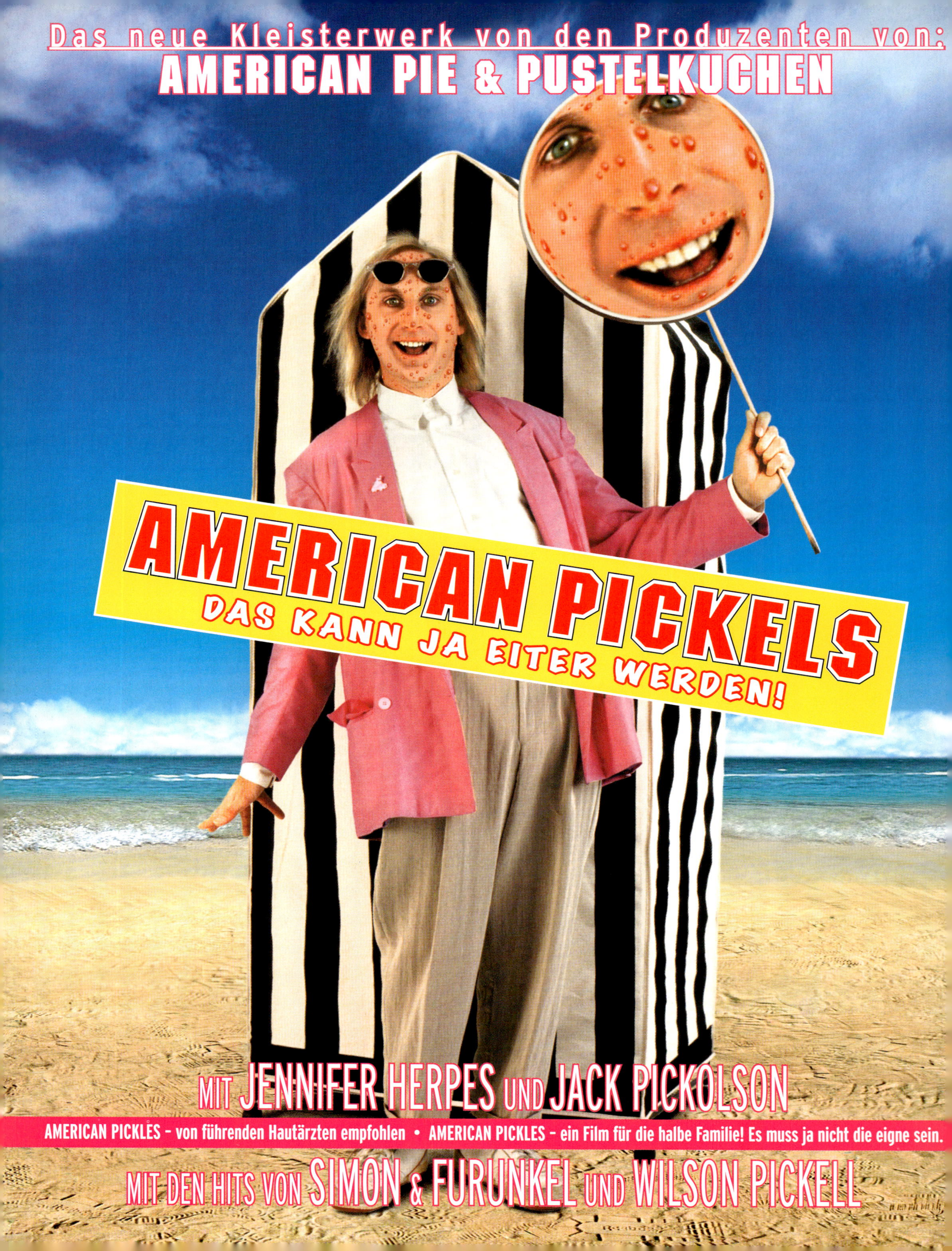
Das neue Kleisterwerk von den Produzenten von:
AMERICAN PIE & PUSTELKUCHEN
AMERICAN PICKELS
DAS KANN JA EITER WERDEN!
MIT JENNIFER HERPES UND JACK PICKOLSON
AMERICAN PICKLES - von führenden Hautärzten empfohlen • AMERICAN PICKLES - ein Film für die halbe Familie! Es muss ja nicht die eigne sein.
MIT DEN HITS VON SIMON & FURUNKEL UND WILSON PICKELL

ALLES IM FLUSS

EIN AUFKLÄRUNGSVORTRAG

Wer ›**A**‹ sagt muss auch **Ufklärung** sagen. Nach diesem Gesetz haben alle **Väter** anzutreten, wenn es so weit ist. So weit, dass sich der Herr Sohn nicht mehr mit dem **schönen** Märchen von den Blümchen und den Bienchen zufrieden gibt und die **berechtigte** Gegenfrage stellt: **»Papa, was ist, wenn die Blumen ihre Tage haben?«**

Dann wird es **Zeit**, sich eine **neue Geschichte** einfallen zu lassen, um dem **Nachwuchs** begreiflich zu machen, dass man noch **keine Lust** hat, **Großvater** zu werden. Dabei sollte man sich einer **offenen** Sprache bedienen, ohne **falsche** Scham sollte man die Worte und Begriffe verwenden, die einem selbst vertraut sind. Nehmen wir uns **Käpt'n Bräsig** zum Beispiel, der nun ohne Umschwänze – pardon: Umschweife ebenso **zügig** wie **freizügig** **zur Sache kommt:**

Mein lieber **Saone**,

nun setz dich erst einmal auf deinen **Po**. Denn ich möchte dir heute **Rhein**en **Main** einschenken. Ich will dir ja nicht zu **Nahe** treten, aber es ist mir nicht ent**Ganges**: Dir sprießen Scham-**Aare** unter dem Bauch**Naab** und kleine **Eider**pickeln an der **Lippe**. Und das heißt **Aller**hand: Du musst dir **Moldau**ernd einen **Weichsel**n. Doch, doch, jeden Morgen, wenn mein **Neckar** geklingelt hat, höre ich dich nebenarm **Donau**nieren. Ich bin doch nicht **Tauber**, mein **Tiber**! Du kannst dich einfach nicht mehr **Themse**n! Das weiß doch **Eder.** Und **Werra** wüsste das besser als ich! Als ich in deinem **Alster** war, habe ich genau das **Elbe** gemacht.

Auch du entdeckst deinen **Pegnitz**, ja, dein kleiner **Iller**mann ist nicht nur zum **Mississippi** machen da. Mädchen haben auch **Suez**was: Bei ihnen heißt das **Schelde**, manche nennen es auch **Mosel** oder **Zwickauer Mulde**, und die ist auch nicht nur zum **Weser** lassen da. **Memel**n wir mal ein Beispiel: Ein Blick auf ihren **Busento** und schon erwacht in dir der **Tigris**, ja, der wilde **Ebro**! Deine **Krumme Lanke** wird zum **Mittellangkanal** und dann zum **Rio Grande.** Und plötzlich: **Hudson** drin! Dann bist du natürlich **Ful-Da** und schwebst auf **Wolga** Sieben! **Ems**lich bist du so weit: **Me-Kong**s! **Me-Kong**s! Rufst du.

Und sie fragt ganz trocken: **Isar** schon **Inn**? Nun fragst du dich sicher: **Garonne** erzählt mir der **Altmühl** die ganze **Neisse**? Und ich **Saar** dir in aller **Ruhr**: Damit du nicht auch so einen **Rheinfall** erlebst, **Colorado** so wie ich – mit dir! **Warthe** nur ein Weilchen und **Wupper** dich nicht, wenn bald ihr **Red River** ausbleibt. Nur neun Monate später, nach weniger als einem **Jor-Dan** habt ihr einen kleinen **River of Babylon**. **Panama** passieren! **Ama-Zonas** muss nich sein! Deshalb gebe ich dir den guten **Euphrat**, bevor du in den **Havel** der Ehe einläufst: **Nil** und nimmer **Rhone Kongo**dom! Sonst heißt es: **Saale**mann und Söhne!

Und **Don**: **Lech** mich am **Arno!**

BESCHEISSEN oder BESCHISSEN WERDEN

SWINDEL INC.

Rede des Vorstandsvorsitzenden der SWINDEL INCORPORATED zum Abschluss eines außerordentlich erfolgreichen Geschäftsjahres.

Liebe Aktionäre,

unsere heutige Aktionärshauptversammlung gibt mir als vorausschauendem Vorstandsvorsitzenden den Anlass zurückzublicken.

Zurückzublicken auf ein Geschäftsjahr, das so kümmerlich begann und so erfolgreich endete.

Wo stand denn unser Unternehmen noch vor Jahresfrist?

Hier unten. Ganz tief im Aktienkeller! Und woran lag das? Es lag an unseren Produkten. Ich sage das ganz offen: ***Die waren beschissen****. Und beschissen ist noch geprahlt. Denn sie wurden voll geschissen und weggeschmissen, unsere Produkte. Ja, lachen Sie nicht, meine Damen und Herren, es war so! Aber was kann man auch anderes erwarten, wenn man Windeln herstellt?*

Genau das fragte ich mich auch an jenem Abend, als meine liebe Frau mich im Büro anrief, um zu fragen: »Liebling, wann kommst du denn endlich?« Eine Frage, die mir kurz zuvor übrigens auch Fräulein Drösel gestellt hatte. Seltsame Fügung!

Meiner Frau antwortete ich am Telefon prompt: ***›Das kann noch etwas dauern, Schatz, denn ich bin gerade in einer wichtigen Sitzung‹****. Und das war nicht einmal ganz gelogen, denn ich saß* in diesem Moment neben meinem Schreibtisch und Fräulein Drösel saß auf meinem Schoß. Und sie war es auch, die sagte: »Direktorchen, wenn Sie nur alles so gut könnten, wie schwindeln!« … **Schwindeln?**

Das entscheidende Wort war gefallen! Was folgte, ist bereits Firmengeschichte: Fräulein Drösel hatte eine Marktlücke geöffnet und ich stieß entschlossen hinein. Aus unserem beschissenen Windelunternehmen wurde ein weltweit erfolgreiches Schwindelunternehmen. Das Unternehmen, in das Sie Ihr gutes Geld investieren durften, liebe Aktionäre.

›Das kann noch etwas dauern, Schatz, denn ich bin gerade in einer wichtigen Sitzung.‹, war der erste Schwindel, den wir auf den Markt warfen, und er wurde sogleich zum Klassiker, der noch heute Tag für Tag bis zu 100 000 Mal von Männern aller Altersstufen online geordert wird.

Fräulein Drösel ist übrigens auch für unseren zweiten Renner mitverantwortlich, der ausschließlich für Damen aller Altersstufen gedacht ist: **›Liebling, du bist der Größte, stöhn, stöhn …‹**, der

auch in der Luxusausgabe: **›Liebling, du hast den Größten, ah, ah!‹** lieferbar ist, und für den ersten steilen Aufschwung unseres Schwindelunternehmens sorgte.

Nach diesen Anfangserfolgen im Massenschwindelverkauf galt es natürlich die Angebotspalette zu diversifizieren und auf Privatkunden zuzuschneiden.

Denn Schwindelberatung ist Vertrauenssache, und namhafte Privatkunden vertrauen unserer Diskretion. Auf dem Sportsektor waren es, um keine Namen zu nennen: Dieter Baumann, in dessen Urinprobe neben den üblichen Dopingmitteln auch Zahnpastaspuren gefunden wurden, Franziska von Almsieck, auf deren Oberarmen Tattoos gefunden wurden, und nicht zuletzt Franz Beckenbauer und Boris Becker, in deren DNA-Analyse sich ganze Babys fanden – sie alle fanden im letzten Geschäftsjahr zu uns, und das finden wir gut.

Aber das ist noch gar nichts gegen unsere enormen Erfolge im klassischen Schwindelgeschäftsbereich, in der Politik: Wo stünde denn diese Bundesregierung ohne unsere Behauptung: **›In Deutschland geht es aufwärts!‹** Und wo bliebe die Opposition ohne unsere Parole: **›Mit Deutschland geht es bergab!‹** Ich will es Ihnen sagen, meine lieben Aktionäre: Genau da, wo sie jetzt ist. … **Am Arsch**.

Für uns jedoch war dies der erste Schritt aufs internationale Parkett. Unsere Gründung von **›SWINDLE INCORPORATED‹** machte uns endgültig zu Global Swindlers. Ganz oben auf unserer Referenzliste steht immer noch der amerikanische Ex-Präsident

Bill Clinton mit unserem Statement: **›Diese Frau Monica Lewinski hat zwar an meiner Zigarre gezogen, doch inhaliert hat sie nie!‹**

Dass wir seitdem den Vatikan sowie alle größeren Weltreligionen beraten, versteht sich wohl von selbst. Welches Kind würde denn ohne uns noch an den Weihnachtsmann glauben?

Welche Frau an die unbefleckte Empfängnis? Und welcher Mann daran, dass man nur im Nachthemd herumlaufen muss, um unfehlbar zu sein? Eben sind wir dabei, die griechisch ornithologische Kirche zu reformieren und den Storch zum Stelzvertreter Gottes auf Erden zu ernennen. Und da wir gerade von Vögeln reden: Ich habe heute Abend noch eine wichtige Sitzung und muss deshalb zum Schluss meiner Ausflüchte kommen.

Da unten standen wir, hier stehen wir heute, und ich kann nicht anders, als Ihnen zu gratulieren, liebe Aktionäre: Sie sind reich.

Und Sie werden in diesem Moment noch reicher! Nämlich um eine Erfahrung, die Sie nur mit einem Schwindelunternehmen wie dem meinen machen konnten. Ich weiß, Sie warten jetzt auf Ihre Gewinnausschüttung. Und ich sage Ihnen: **Da können Sie lange warten.** Denn eines habe ich im Windelbusiness gelernt, es gibt immer zwei Optionsscheine: Bescheißen oder beschissen werden, das ist auch hier die Frage. Sie wissen, wofür ich mich entschieden habe, deswegen darf ich mich jetzt entschuldigen: …

Expedition ins Lehrreich

Gastgeber Otto Waalkes im Gespäch mit Herbert Putel, Professor a. D.

› Der Kunstexperte sieht auf allen Bildern Bisamratten, nichts als Bisamratten. ‹

Otto *Herr Putel, Sie sind Experte für bildende Kunst. Sie wollen etwas über Mondrian erzählen.*

Putel Ja, ich halte ihn für einen sehr bedeutenden Maler.

Otto *Und warum?*

Putel Weil er in seinen Bildern radikal die Bisamratten weggelassen hat, die ja bis dahin das bevorzugte Thema der abendländischen Malerei gewesen sind.

Otto *Wie bitte?*

Putel Na – schau'n Sie sich doch Mondrians Bilder einmal an, und Sie werden feststellen: Fehlanzeige. Ich meine, falls Sie Bisamratten auf ihnen suchen. Schwarze Linien – ja. Aber keine Bisamratten.

Otto *Na gut.*

Putel Seh'n Sie? Seh'n Sie?

Otto *Aber in der abendländischen Malerei vor Mondrian werden Sie ebenso vergeblich nach Bisamratten suchen. Nehmen Sie Rembrandt …*

Putel Nein danke, ich rauche nicht …

Otto *Ich meinte den Maler Rembrandt.*

Putel Ach den! Den alten Bisamrattenpinsler!

Otto *Unsinn! In Rembrandts gesamtem Werk werden Sie keine einzige Bisamratte finden!*

Putel Nein? Und warum wurde er dann der alte Bisamrattenpinsler genannt?

Otto *Wer hat ihn denn so genannt?*

Putel Na, ich. Gerade eben.

Otto *Ich muss wohl noch etwas deutlicher werden. Denken Sie an Raffael.*

Putel Ungern.

Otto *Aber Raffael hat doch …*

Putel Ach, der! Ja! Der Ratten-Raffael, als der er ja oft und gerne bezeichnet wird …

Otto *Auch von Ihnen?*

Putel Ja – ich glaube schon. Sagte ich nicht eben Ratten-Raffael?

Otto *Ja, leider.*

Putel Seh'n Sie? Also oft nenne ich den bestimmt so – ob auch gerne … na ja.

Otto *Hör'n Sie mal! Bei welchem italienischen Maler von Raffael bis Botticelli …*

Putel Bisam-Botti! Sagen Sie ruhig Bisam-Botti! So wird er ja wohl in den Kunstgeschichten tituliert!

Otto *In keiner einzigen!*

Putel Nein? Na – ich müsste mal in eine reinschauen, das habe ich mir schon oft und oft gesagt! Oh, hätte ich nur auf mich gehört!

Otto *Tun Sie's nur, tun Sie's nur! Dann werden Sie nämlich feststellen, dass Sie auf keinem Bild eine Bisamratte finden werden!*

Putel Nein? Was denn dann?

Otto *Landschaften …*

Putel Mensch – toll!

Otto *Kreuzigungen …*

Putel Echt irre!

Otto *Portraits …*

Putel Muss ich sehen ! Wo findet man den ganzen Schamott?

Otto *In Museen!*

Putel Museen … Museen … Muss ich mir merken!

Otto *Ja – merken Sie's sich. Und Ihre Behauptung bezüglich Mondrian und Bisamratten – lassen Sie die fallen?*

Putel Klar. Liegen lassen, tritt sich fest, habe noch ganz andere auf Lager!

MEINE GRÖSSTEN MISSERFOLGE

Ich bin ein Macho erster Güte
Und dafür sorgen meine Hüte!

Wird mein Haar auch langsam schütter
Ich bin ein Traum für Schwiegermütter!

Schon die Jüngsten sagen ja
zu meinem Hut aus Panama!

Was ich mache, hat Methode
Was ich trage, wird gleich Mode!

Trag ich den Hut aus Bärenfell
Verfall'n mir alle Frauen schnell.

Kommt zum Käppi die Kapuze
Will jede Frau, dass ich sie duze!

Kommt diese Brille noch dazu
Ist selbst die Prominenz per Du!

Trag ich dagegen keinen Hut
Läuft es mit Frauen nicht so gut!

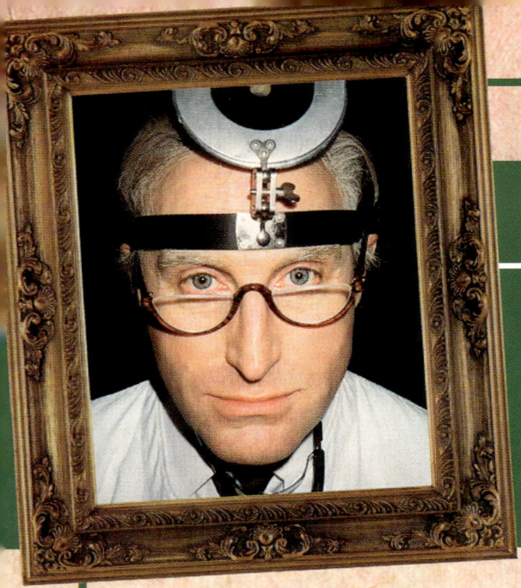

Prof. Dr. Dr. hc. med. Wurst spricht:

Liebe Studenten! Liebe angehende Mediziner!

… Sie haben nun Ihr Studium bei mir mit einem Erste-Hilfe-Kursus glücklich abgeschlossen. Herzlichen Glückwunsch!
Ich weiß, ich war Ihnen ein hervorragender Lehrer. Dafür, dass Sie mir dankbar sind, will ich Ihnen auch kostenlos noch einen Rat mitgeben: Behalten Sie Ihre Lehrer in guter Erinnerung! Ich selbst bin immer gut damit gefahren.

Gerade heute Morgen, auf der Fahrt hierher, fiel mir der alte Dr. Junkers, der Begründer der modernen Unfallchirurgie, wieder ein. Wissen Sie was das Besondere an dem war? Nein? Nun, der Mann hatte eine besonders merkwürdige Art das Bein nachzuziehen! Welches? Fragen Sie … Das ist eine gute Frage! Aber das wechselte. Es war natürlich immer das

Bein, das er gerade abgeschnitten hatte! Dolle Typen, diese alten Mediziner!

Sonst noch Fragen?

Wie? Ob ich mich noch an den alten Professor Knoth erinnere? Na, ich bitte Sie! So einen Teufelskerl von Mediziner vergisst man doch nicht. War sogar im Ausland, der Mann. Da nehmen Sie sich mal ein Beispiel! Einer der mutigsten, die ich kenne! Wissen Sie, was der zu Sadam Hussein gesagt hat? Jawoll, im Irak! Hat er mir selbst erzählt. Man hatte ihn für diese berühmte Schnurrbart-Transplantation geholt. Waldemar Hartmann war übrigens der Spender. Sie werden sich an dieses Ereignis im Sportfernsehen erinnern.

Jedenfalls hat der Professor zu Saddam Hussein, der vor ihm auf dem Operationstisch lag, gesagt: »Herr Diktator! Was Sie da mit den Kurden machen, ist so wahrscheinlich nicht ganz in Ordnung!« Das nenne ich Mut, meine lieben Studenten!

Jaja, ich höre Ihre Zwischenfragen. Wie ging die Sache aus? Wie hat der Unhold reagiert? Rübe runter? Oder was? Das habe ich den alten Knoth natürlich auch gefragt. Und wissen Sie was dieser bescheidene, mutige Mediziner mir sagte? »Er hat gar nicht reagiert«, sagte er. »Wie sollte er auch? War ja in Vollnarkose.«

Was ist los? Sie wollen noch mehr hören? Also gut. Einen hab' ich noch.

Der alte Dr. Puntzen, der pflegte immer zu sagen: »Wenn es was Schlimmeres gibt als einen Patienten, dann ist es seine Mutter.« Und dann erzählte er, dass grade neulich wieder so eine bei ihm war und rumklagte: »Herr Doktor, mein Sohn kaut an den Nägeln!« Aber der alte Puntzen antwortet schlagfertig: »Dann müssen Sie die Bilder zu Hause eben höher hängen!« Blendende Diagnose, nicht wahr! Aber diese Mutter lässt nicht locker. »Der Bub kaut doch an seinen eigenen Nägeln, Herr Doktor!«, jammert sie rum. Da ist der gute Mann natürlich explodiert: »Wieso besitzt so ein junger Mensch überhaupt schon eigene Nägel?«, hat er gewettert. »Ich habe ja meinen ersten Hammer auch erst zum Staatsexamen bekommen!«

Ja, meine lieben Studenten, alle Menschen sind potenzielle Patienten, es liegt nur an uns Ärzten, wie lange sie es bleiben. Und weil immer noch einige von Ihnen im Saal sind, sollen sie auch noch etwas von *mir* erfahren. Ich werde Ihnen jetzt anvertrauen, welches die schwierigste Entscheidung in meinem Leben war. Die hatte ich nämlich an dem Tag zu treffen, an dem ich den Liebhaber meiner Frau operieren musste! Akuter Kollaps. Keine Minute zu verlieren. Ich greife zum Messer ... schwanke ... Wie leicht wäre es, jetzt einen kleinen Kunstfehler zu begehen ... einen kleinen falschen Schnitt zu machen! Niemand würde es nachweisen können. Wie ich

Prüfung bestanden! – Ganz nach dem altbewärten Rezept: »Lieber 'ne Rübe dran als Rübe ab«, leistete dieser junge Student geistesgegenwärtig einer jungen Dame erste Hilfe. ... Die Lehre: »Erste Hilfe hilft nicht nur, sondern sieht auch noch schöner aus. Jedenfalls für Kaninchen.«

mich entschieden habe, fragen Sie? Natürlich habe ich mein Bestes gegeben. Der Mann lebt heute noch!

Danke. Danke für den Applaus. Natürlich war das eine menschlich saubere Leistung. Deswegen erzähle ich es Ihnen ja. Meine Frau? Wie die reagiert hat? Das weiß ich nicht. Keine Ahnung. Als ich den Typ operierte, kannte ich sie ja noch nicht. Hab' sie erst während der Besuchszeit kennen gelernt. Dann hat sie sich natürlich sofort von dem Kerl getrennt.

Und wie ich sehe, haben Sie sich nun auch vollzählig von mir getrennt. Das kommt mir entgegen. Denn wie Sie wissen lautet mein Motto:

'Noch schlimmer als Patienten sind Medizinstudenten!'

FREIZEIT in FRIESLAND

Harry Hirsch: Bei den HOBBY-SEGNERN in AURICH

Eine neue Freizeitbeschäftigung findet seit einiger Zeit mehr und mehr Anhänger: das Hobby-Segnen. Immer öfter gehen Amateure dazu über, die Dinge ihrer Umwelt zu segnen und manch einer hat es darin schon fast zu professioneller Meisterschaft gebracht. Wir besuchten das Schulungszentrum der ostfriesischen Hobby-Segner in Aurich.

Ja, ich habe jetzt den Segnerschein der Klasse C.
Der berechtigt mich, Flur und Felder zu segnen, überhaupt die gesamte Landschaft und einen Teil der Bevölkerung. Aber ich habe natürlich auch klein angefangen vor drei Jahren. Da war ein Freund von mir, der hat das schon länger so privat zu Hause gemacht, das hat mir imponiert … und dann habe ich das auch versucht. Habe probeweise meine Frau gesegnet – »gesegnet seist du, Erna« –, das hat ganz gut geklappt, und dann habe ich mich diesem Hobby intensiver gewidmet … Naja, und nun will ich natürlich auf den A-Schein raus: >Urbi et Orbi< und diese ganz großen Sachen.
Na dann toi, toi, toi!
Gesegnet seist du, oh Reporter, Segen über dein Mikrofon, tausendfachen Segen über dein tragbares Tonbandgerät, gesegnet sei die Fernsehstation, die diesen gesegneten Bericht in den segensreichen Äther schickt, hinein in die gesegneten Wohnstuben tausendmal gesegneter Zuschauer! Und auch euch, meinen geliebten Lesern, will ich meinen Segen zukommen lassen. Denn für euch ganz persönlich werde ich nun diese wunderbare Torte eigenhändig segnen …

handgesegnet von OTTO ©

DIE GUTE TAT DES TAGES
ICH BIN EIN FRIEDLICHER MENSCH. EIN SEHR, SEHR FRIEDLICHER MENSCH! ABER LEUTE, DIE KRIEGSSPIELZEUG VERKAUFEN ... WISSEN SIE, WO DIE HINGEHÖREN? DIE GEHÖREN AN DIE WAND GESTELLT! UND DANN ...
RATTATTATAAT!!!

ESSEN IN HESSEN

Früher, als die Friesen ihr Land noch nicht verließen, aus Angst, sie könnten einem bösen Berg begegnen oder von einer giftigen Lawine gebissen werden, galten sie als scheue Fabelwesen, die zentaurengleich – halb Mensch, halb Fahrrad – durch die Dünen glitten und sich mit Klingelzeichen verständigten.

Heute ist das anders. Heute verständigen sie sich mit Hupzeichen und immer wieder verlassen einzelne Friesen ihre Heimat, um in der Fremde ihr Glück zu finden. Leider verhungern sie dort oft.

Ich z.B. war neulich in Frankfurt. Diese Stadt liegt in einem Land, das zwar mit »H« beginnt und mit essen endet; wo es aber trotzdem nichts zu essen gibt. Jedenfalls nicht für einen Friesen. Auf meiner verzweifelten Nahrungssuche sprach ich einen typischen Hessen an und bat ihn um eine Hand voll Krabben. Der Mann schüttelte den Kopf, weil er die Hände gerade voll Handkäs und Rippchen hatte. »Gibt es das in diesem Lokal, vor dem wir gerade stehen?«, fragte ich hoffnungsvoll. Worauf er mit vollem Mund antwortete:

Da gehst net rein – grad riesch isch es
Da drinn kocht man nur Griechisches

Und da gegenüber?

Scho auf dem Schild'sche les isch es:
Da kriecht mer bloß Chinesisches

Dann schauen wir doch mal in die Passage hier …

Weil Sie es sind, erwähn isch es
Isch wittre Italienisches

Aber da sehe ich noch ein zweites Lokal.

Ei, Gudä, so was Kindisches
Da gibt's doch Hinterindisches!

Dann folge ich wohl am besten jenen gut gekleideten Kleinwüchsigen …

Seh isch die Schlitzaug', ahn isch es
Wo die sind, droht Japanisches!

Wollen wir diesen Imbisstand probieren?

Büm ürsten Büssen mürk isch es
Dös Döner üs was Türkisches

Aber das Zelt dort?

Kaum hör isch des, scho hab isch es:
Der Sound hat was Arabisches

Und von dem Laden an der Ecke werden Sie mir wohl auch abraten?

Wann du so fragst, dann muss isch es
Die Bude hat was Russisches.

Und was ist das hier?

Da isch's net kenne, rat isch es
Elch-Steak is was Kanadisches.

Ich möchte aber etwas essen! Nur ein paar Krabben! Verstehen Sie doch!

Was willste denn mit deine Krabbe!
Die kannste doch in Friesland habbe!

Worauf ich auf der Stelle in meine Heimat zurückkehrte und dort beim traditionellen Wett-Krabbenessen schon so manchen Hummer gewonnen habe.

Die Schlammschlacht geht weiter!

Dorlamm bei der Arbeit an seiner Biographie: obgleich schon bei der Hälfte, bleibt das Papier geduldig.

Nachdem die Dichtersgattin Sonja Dorlamm (25) ihrem Mann Heiner (75) bereits in aller Öffentlichkeit Seitensprünge (127) und ständige Abwesenheit vorgeworfen hat, ist es nun so weit:

Dichter Dorlamm packt aus!

Sensationelle Enthüllungen aus dem Privatleben eines unserer ungesehensten Autoren!

Es berichtet unser reimender Reporter Franz Doofsepp Wagner:

Dichter Dorlamm will ein Epos schreiben,
auf Ersuchen seiner Frau lässt er es bleiben.
»**Macht nichts**«, sagt er, »**wird's halt ein Roman.**«
Doch die Frau verbietet's ihrem Mann.
»**Also gut**«, meint er, »**dann wird's ein Stück.**«
Aber seine Frau pfeift ihn zurück.
»**Wenn das so ist, wird's halt 'ne Geschichte.**«
Aber seine Frau macht diesen Plan zunichte.
»**Nein? Dann schreib' ich eben eine Fabel.**«
Seine Frau greift nach der Bratengabel.
»**Keine Fabel? Dann eine Ballade!**«
Seine Frau verfolgt ihn ohne Gnade.
»**Nein, mein Schatz? – Wie wär's mit ein, zwei Oden?**«
Seine Frau wirft ihn gekonnt zu Boden.
»**Liebling, halt! Ich schreib' dir eine Karte!**«
»**Abgemacht**«, sagt seine Frau, »**ich warte!**«
Dorlamm aber fuhr noch auf der Stelle
mit dem 10 Uhr 20 Zug nach Celle.

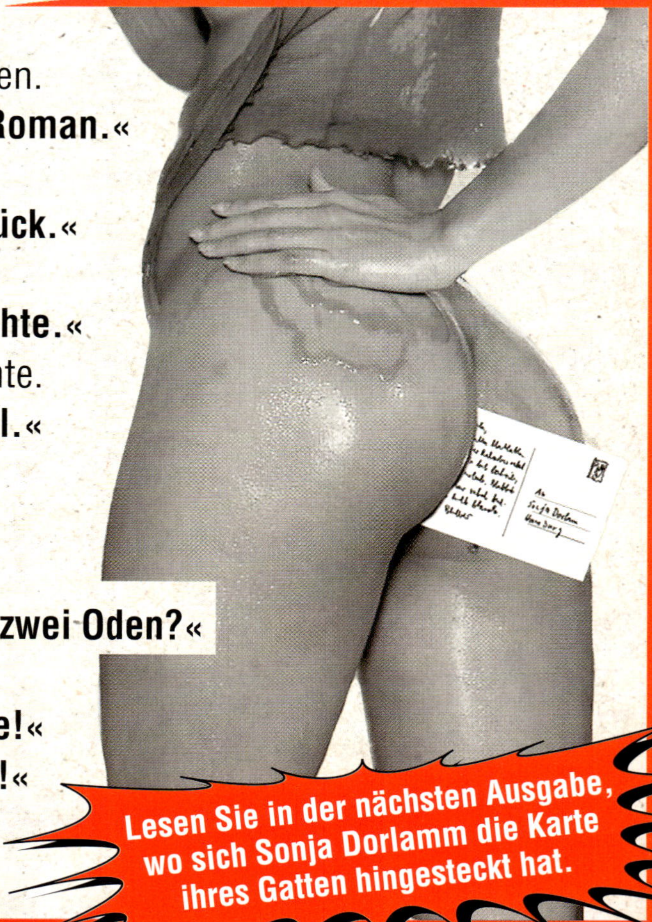

Lesen Sie in der nächsten Ausgabe, wo sich Sonja Dorlamm die Karte ihres Gatten hingesteckt hat.

SKLAVENHANDEL

MÄNNER, DIE VOR DER TÜR STEHEN, KÖNNEN GEFÄHRLICH WERDEN. VON SOLCHEN MÄNNERN HANDELT UNSER REPORT.

NATÜRLICH KANN ES UNS MIT DIESEM BEITRAG AUS DER REIHE »HEHLER, STEHLER, NEGERQUÄLER« NICHT DARUM GEHEN, GANZE BERUFSZWEIGE ZU DIFFAMIEREN. SELBSTVERSTÄNDLICH GIBT ES AUCH SERIÖSE SKLAVENHÄNDLER. ABER DAVON EIN ANDERES MAL.

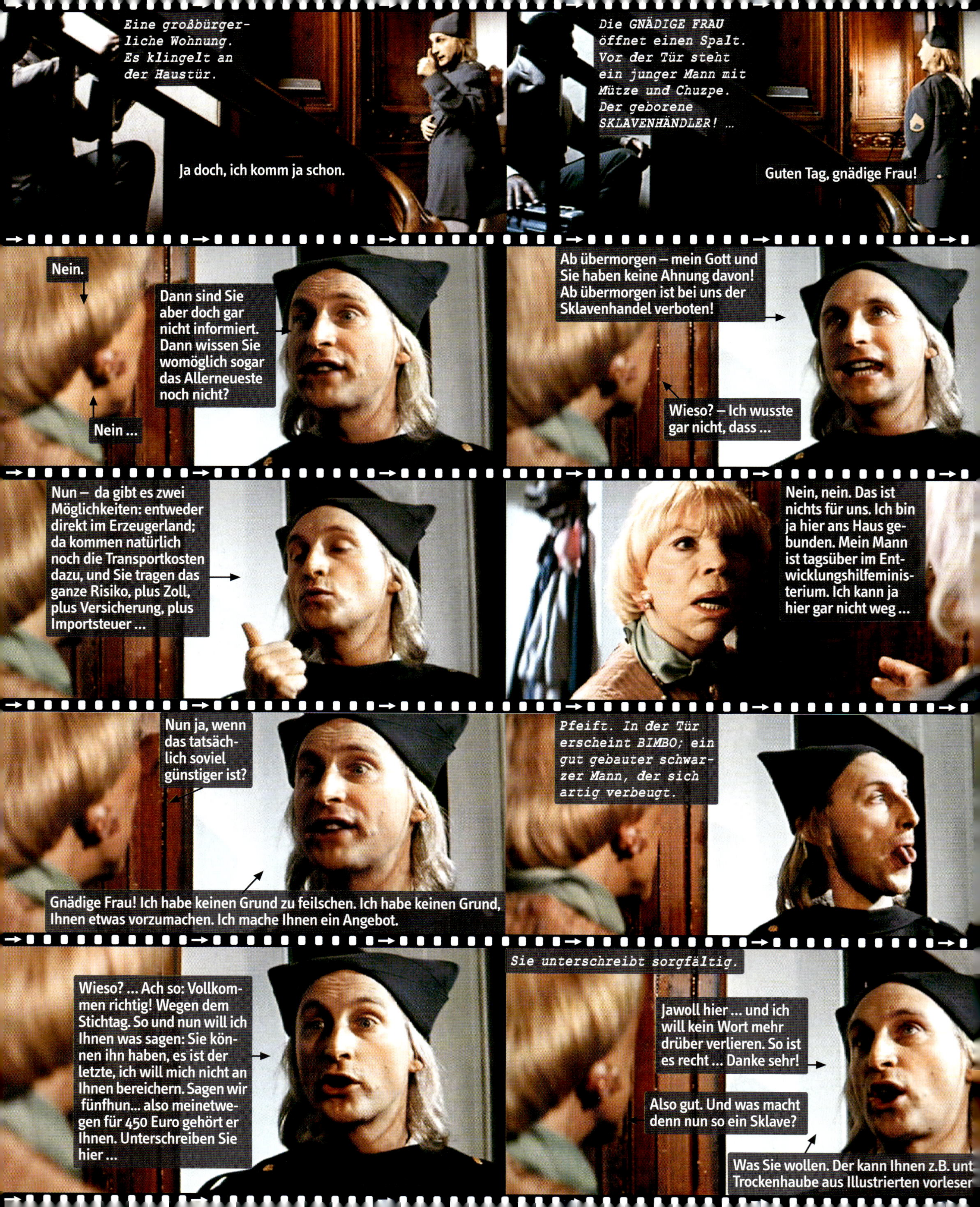
Eine großbürgerliche Wohnung. Es klingelt an der Haustür.
Ja doch, ich komm ja schon.
Die GNÄDIGE FRAU öffnet einen Spalt. Vor der Tür steht ein junger Mann mit Mütze und Chuzpe. Der geborene SKLAVENHÄNDLER! …
Guten Tag, gnädige Frau!
Nein.
Dann sind Sie aber doch gar nicht informiert. Dann wissen Sie womöglich sogar das Allerneueste noch nicht?
Nein …
Ab übermorgen – mein Gott und Sie haben keine Ahnung davon! Ab übermorgen ist bei uns der Sklavenhandel verboten!
Wieso? – Ich wusste gar nicht, dass …
Nun – da gibt es zwei Möglichkeiten: entweder direkt im Erzeugerland; da kommen natürlich noch die Transportkosten dazu, und Sie tragen das ganze Risiko, plus Zoll, plus Versicherung, plus Importsteuer …
Nein, nein. Das ist nichts für uns. Ich bin ja hier ans Haus gebunden. Mein Mann ist tagsüber im Entwicklungshilfeministerium. Ich kann ja hier gar nicht weg …
Nun ja, wenn das tatsächlich soviel günstiger ist?
Gnädige Frau! Ich habe keinen Grund zu feilschen. Ich habe keinen Grund, Ihnen etwas vorzumachen. Ich mache Ihnen ein Angebot.
Pfeift. In der Tür erscheint BIMBO; ein gut gebauter schwarzer Mann, der sich artig verbeugt.
Wieso? … Ach so: Vollkommen richtig! Wegen dem Stichtag. So und nun will ich Ihnen was sagen: Sie können ihn haben, es ist der letzte, ich will mich nicht an Ihnen bereichern. Sagen wir fünfhun… also meinetwegen für 450 Euro gehört er Ihnen. Unterschreiben Sie hier …
Sie unterschreibt sorgfältig.
Jawoll hier … und ich will kein Wort mehr drüber verlieren. So ist es recht … Danke sehr!
Also gut. Und was macht denn nun so ein Sklave?
Was Sie wollen. Der kann Ihnen z.B. unt
Trockenhaube aus Illustrierten vorleser

Wir kaufen nichts.
Gnädige Frau. Ich bin Student und …
Trotzdem. Wir brauchen wirklich nichts.
Ich hätte aber etwas für Sie …
Ich lese keine Illustrierten.
Gar keine? – Auch keine Zeitungen?
Wieso? – Äh … was denn?
Wissen Sie's wirklich noch nicht?
Weil Sie keine Zeitungen lesen. Übermorgen ist der Stichtag. Nur wer sich bis dahin entschließt, kommt noch in den Genuss der 20-prozentigen Abschreibungsmöglichkeiten. Ja Sie können sogar noch die 20prozentige Investitionssubvention in Anspruch nehmen, von der Rendite gar nicht zu reden! Und einen Sklaven haben Sie am Ende auch noch nicht!?
Mein Gott, nein! Das wusste ich alles überhaupt nicht. Wo bekommt man die denn überhaupt?
Sklaven?
Ja.
Für solche Fälle gibt es gottlob zweitens natürlich noch den Zwischenhandel. Das ist unvergleichlich viel billiger, und man bekommt einen garantiert importfrischen …
Und der ist womöglich auch noch günstiger!
Ja, wenn Sie meinen. Also vielleicht …
Also, dass Sie davon gar nichts gewusst haben! Unglaublich! Aber na ja, ich weiß ja gar nicht, ob Sie überhaupt …
Wenn natürlich Interesse besteht …
Massa, Sie habe gerufen?
Da! Das isser. Sie können ihn haben.
Bimbo! Der letzte von 50 Sklaven, die ich heute in weniger als drei Stunden in Ihrer Nachbarschaft in den seriösesten Haushalten verkauft habe.
Das wird wegen übermorgen sein.
Aber ich habe doch gar keine Trockenhaube.
Wenn's weiter nichts ist: hier Ihre Unterschrift …
Sie unterschreibt sorgfältig.
Jaaa. Danke!
… und ich habe auch keine Illustrierten.
Hier Ihre Unterschrift!
Sie unterschreibt sorgfältig.
Jaa … Danke! Außerdem kann er Ihnen natürlich Ihre Heimsauna vorheizen.
Heimsauna?
Hier, Ihre Unterschrift.
Sie unterschreibt sorgfältig.

Jaaa ... Danke! Ich glaube es genügt fürs Erste. So, Bimbo, das ist jetzt deine neue Herrin! Mach mir keine Schande.
Auf Wiedersehen Massa!
Auf Wiedersehen, gnädige Frau. Ich beglückwünsche Sie zu Ihrem Sklaven. Die Illustrierten und der ganze Kram kommen dann dieser Tage.
Ja ... was machen wir denn jetzt? ... Wissen Sie, wir hatten noch nie einen Sklaven ... bisschen ungewohnt ist es ja doch! ... Oder kann ich Ihnen vielleicht einen Kaffee machen? ...
Danke, Missus.
Wie trinken Sie als Sklave denn Ihren Kaffee?
Schwarz.
Ach ja, natürlich...
Ja. Einen. Ich habe ihn gerade gekauft.
Das trifft sich gut. Ich komme nämlich von der Sklavenaufsichtsbehörde ...
Wieso? Das Kaufen ist doch noch bis übermorgen erlaubt?
Natürlich. Keine Aufregung. Das geht alles in Ordnung. Reine Routineüberprüfung. Er ist doch angemeldet, Ihr ...
Wie viel haben Sie denn im Haus?
Sie hat 250 Mark in Schublade.
Ja, das stimmt. Mehr habe ich leider nicht da.
Kein Problem. Das genügt dann eben als Anzahlung. Wir sind keine Unmenschen. Hehe!
Ach, da fällt mir aber ein Stein vom Herzen. Geht denn das? ... Und der Rest?
Auf Wiedersehen, bis bald.
Beide ab. Im Treppenhaus verwandelt sich der KONTROLLEUR zurück in den SKLAVENHÄNDLER ...
Na? Hat doch was gebracht?
250 Mark, Massa!
Du kannst wieder normal reden, Paule.

Der SKLAVENHÄNDLER geht die Treppe hinunter.
Auf Wiedersehen ...Ja, dann kommen Sie doch bitte herein, Herr ... Herr Bimbo.
Danke Missus.
Beide gehen in die Küche.
Wenn Sie ablegen wollen?
Danke. Das lohnt nicht, Missus.
ingelt wie-
n der Tür.
Oh, es hat geklingelt.
Sie öffnet die Haustür. Lavor steht ein junger Mann, der eine gewisse Ähnlichkeit hat, mit - aber nein! Er ist ja in Uniform.
Guten Tag. Halten Sie Sklaven?
Ich weiß nicht. Herr Bimbo – sind Sie angemeldet?
Nein, Missus. Nix angemeldet.
Kein Problem. Melden wir ihn eben an. Dafür bin ich ja da. Sie können die Jahressteuer gleich bei mir bezahlen. Das macht eintausend Mark.
Oh mein Gott, was machen wir denn da?
Waas? So viel habe ich aber gar nicht da!
Da machen Sie sich mal keine Sorgen, den zahlen Sie später. Ich nehme solange Ihren Herrn Bimbo als Sicherheit mit.
Ach, Herr Bimbo, wollen Sie nicht wenigstens noch Ihren Kaffee trinken?
Danke Missus, muss gehen.
Auf Wiedersehen.
Wassen das durch ee beede?
Hundert für jeden – und der Rest für mich! ...
ENDE

Historisches Kalenderblatt

Für den eiligen Leser

Emden anno 1890

Die Gründerzeit dreht sich zu den Klängen des Schifferklaviers.

Die erste Gaslaterne legt die Strecke zwischen Binnenhafen und Rathaus in der bis heute für unmöglich gehaltenen Zeit von null Komma nix zurück.

Hein der Vierte, seit kurzem Deichgraf von Krummhörn, gibt allein für Frühstückshörnchen die sagenhafte Summe von 130 Millionen Billionen Trillionen aus.

Dafür müsste ein einfacher Hörnchenbieger dieser Zeit ganz schön lange arbeiten. Doch der Fortschritt ist nicht aufzuhalten. Überall in Emden verdrängt das Trottoir den Bürgersteig.

Es ist die Zeit der kleinen Frühstücksgabeln und großen Gabelfrühstücke, der hemmungslosen Verschwender und der verschwundenen Hemmungslosen.

Es ist eine Zeit, die ihren Chronisten sucht und bis heute nicht gefunden hat.

Verehrte Leser, haben Sie starke Nerven? Ein gutes Gedächtnis? Schön, dann vergessen Sie alles, was Sie an Thrillern bisher gelesen oder gesehen haben, denn sonst könnte das folgende Drehbuch Ihnen ziemlich auf die Nerven gehen. Bereit?

"DIE NACHT DES SCHICKSALS"

Eine Nacht wie jede andere. Frau Pelzig, eine Frau wie jede andere. Sie ist allein in ihrer Wohnung, eine Wohnung wie jede andere. Sie will gerade zu Bett gehen, ein Bett wie jedes andere. Doch da klingelt das Telefon. Ein Anruf wie jeder andere? Oh nein!

FRAU PELZIG *[hebt ab]*

ANRUFER Spreche ich mit Frau Pelzig? Sie werden diese Nacht nicht lebend überstehen.

FRAU PELZIG Mein Gott, wer sind Sie? Was soll das? *[Anrufer hat aufgelegt, Freizeichen, Frau Pelzig legt auch auf]* Um Gottes willen, was war das? Es muß ein Scherz, ein böser Scherz gewesen sein.

TELEFON Rringg!!!

FRAU PELZIG *[hebt ab]*

ANRUFER Hab ich eben mit Ihnen gesprochen? Können Sie noch mal wiederholen, was ich gesagt habe?

FRAU PELZIG Sie haben gesagt, ich würde diese Nacht nicht lebend überstehen.

ANRUFER So, aha. Ja, das geht dann in Ordnung. Danke. *[beide legen auf]*

FRAU PELZIG Oh nein! Was soll ich tun? Es war kein Scherz. Ich bin gemeint.

TELEFON Rringg!!!

ANRUFER Frau Pelzig, ich muss meine Durchsage revidieren. Ich hab mich da vertan, ich bin in die falsche Spalte von unserem Schicksalsbuch gekommen. Wir haben so irrsinnig viel zu tun, da kann das schon mal passieren. Also das mit dem lebend überstehen gilt nicht für Sie. Es geht bei uns im Augenblick leider etwas durcheinander.

FRAU PELZIG Und was ist mit mir?

ANRUFER Moment, Pelzig ... Pelzig *[blättert in seinem Buch]*. Ja hier, Pelzig. Sie werden diese Nacht nicht besonders gut schlafen. Ach, übrigens, gleich wird ein Herr bei Ihnen vorbeikommen, der soll sofort zurückrufen.

FRAU PELZIG Bei wem denn?

ANRUFER Hier in der Schicksals-Zentrale. Er hat die Nummer.

BOTE *[es klopft; Bote kommt zur Tür herein]* Bin ich hier richtig bei Pelzig?

FRAU PELZIG Ja.

BOTE Frau Pelzig, Ihre Uhr ist abgelaufen. Sie werden diese Nacht nicht lebend überstehen.

FRAU PELZIG Wer sind Sie denn überhaupt?

BOTE Ich bin der Todesbote.

FRAU PELZIG Ach so. Sie sollen die Zentrale anrufen. Das stimmt nämlich nicht mit mir.

BOTE Wie? Na, das wollen wir doch erst mal sehen. *[wählt eine Nummer]* Hallo, ist dort die Schicksals-Zentrale? Schmölders. Ich bin hier bei Frau Pelzig ... Wie? ... Nicht? ...So, aha, kein Auge zu. Mein Gott, da muss ich ja die ganze Nacht wachbleiben. Na ja, ist gut. *[legt auf]* Ham'se denn was zu trinken da, oder so? Vielleichtn Kaffee?

TELEFON Rringg!!!

FRAU PELZIG Pelzig.

ANRUFER Frau Pelzig, ist unser Todesbote noch bei Ihnen? Geben Sie mir den mal.

FRAU PELZIG *[reicht das Telefon weiter]* Für Sie.

BOTE Ja? Schmölders, Todesbote.

ANRUFER Sie müssen einen anderen Auftrag übernehmen, Schmölders. Sie müssen fünfhundert Hühner auf ihr Ende vorbereiten.

BOTE Ach, die sollen die Nacht nicht lebend überstehen?

ANRUFER Richtig. Vier Uhr dreißig Notschlachtung, bereiten Sie sie darauf vor.

BOTE Was muss ich da sagen?

ANRUFER *[im Stil von Morsezeichen]* Gack gack gackgack gaack.

BOTE Gack gack gack?

ANRUFER Nein, gack gack gackgack gaack.

BOTE Können Sie nicht Primel zu den Hühnern schicken?

ANRUFER Primel hat heute Nacht den großen Hotelbrand. Das wissen Sie ganz genau.

BOTE Was mach ich denn mit der Frau Pelzig? Ich denke, die soll' ne unruhige Nacht haben. Die schläft doch glatt ein.

ANRUFER Ich schicke ihr später Primel rüber.

BOTE Wann?

ANRUFER Nach dem Brand.

BOTE Das ist zu spät. Soll ich nicht doch hier bleiben?

ANRUFER Nein, die Hühner gehen vor. Ich ändere den Eintrag von Frau Pelzig hier im Buch. Kriegt sie eben die nächste Nacht. Frau Pelzig wird nächste Nacht ziemlich schlecht schlafen.

BOTE Aber das übernimmt dann Viebig. Ich mach das nicht noch mal mit. *[legt auf]* Das geht nicht gegen Sie, Frau Pelzig. Aber bei uns ist zur Zeit so ein Durcheinander. *[geht kopfschüttelnd ab]*

TELEFON Rringg!!!

FRAU PELZIG Pelzig?

ANRUFER Primel hat den Hotelbrand nicht geschafft. Dem ist ein großer Auffahrunfall dazwischengekommen. Das hab' ich glatt übersehen.

FRAU PELZIG Bitte?

ANRUFER Äh ... ist der Herr Schmölders noch bei Ihnen?

FRAU PELZIG Nein, er ist gerade raus.

ANRUFER ... Weil ja Primel den Hotelbrand nicht geschafft hat, und jetzt sollte Schmölders ... aber na ja. *[legt auf]*

FRAU PELZIG *[zu sich]* So was will eine Schicksals-Zentrale sein. Das hab ich mir aber würdiger vorgestellt.

TELEFON Rringg!!!

ANRUFER Frau Pelzig, ist Primel noch da?

FRAU PELZIG Primel? Ach was. Ich denke, Primel ist bei dem Auffahrunfall hängen geblieben. Bei mir war Schmölders und morgen kommt Viebig. Mit Primel hab ich doch überhaupt nichts zu tun. Und Schmölders ist schon weg.

ANRUFER Wo ist er denn hin?

FRAU PELZIG Na zu dieser Hühnerfarm.

ANRUFER Ach ja, deswegen hab ich ja angerufen. Das sind keine Hühner, das sind Enten. Er darf deshalb auch nicht gackern, er muss quaken. Können Sie ihm das sagen?

FRAU PELZIG Der ist doch längst weg.

ANRUFER Heute Nacht geht aber auch alles schief.

FRAU PELZIG Ach, Moment mal, ich kann ihn durchs Fenster sehen. Er steht noch unten und pumpt sein Fahrrad auf.

ANRUFER Das ist gut, dann rufen Sie ihm doch bitte folgende Botschaft runter: Quak, quakquak quaak quaak.

FRAU PELZIG Ist das alles?

ANRUFER Ja, er weiß dann schon.

FRAU PELZIG *[Frau Pelzig öffnet das Fenster und ruft hinaus]* Herr Schmölders! Quak quakquak quaak quaak.

BOTE *[von unten]* Wau wau wau! Unverschämte Person.

ENDE

Die Legende von der Entstehung des Otto-Huuses zu Emden

Liebe Kinder!

Wahrscheinlich sind die meisten von euch noch nie in Emden gewesen. Außer den Kindern aus Emden natürlich. Die sind ja dauernd dort. Deshalb brauchen die Kinder aus Emden jetzt auch nicht weiterzulesen. Die wissen sowieso alles besser und glauben wahrscheinlich noch nicht einmal, was ich euch nun erzähle.

Also: Vor langer, langer Zeit kam der portugiesische Steuereintreiber Fiskus da Gama an die Emsmündung, wo er ein kleinwüchsiges Volk antraf, das sich vom Schlickrutschen ernährte. Es gelang ihm, den Leuten weiszumachen, dass die Erde keine Scheibe, sondern eine Kugel sei, worauf die Schlickrutscher sich sofort eine Riesenrutsche bauten und sich erstmals bis an den Horizont vortrauten, wo sie natürlich prompt abstürzten und im Nichts verschwanden.

Was das mit der Legende zu tun hat? Na erst mal muss Emden ja gegründet werden, bevor da ein Otto-Huus entstehen kann, oder? … Mit der Gründung wollte man nämlich die großen Ozeandampfer daran hindern, weiter ins Land hineinzufahren. Das hat erfreulicherweise auch geklappt und seitdem ist Hannover ozeandampferfrei. Kann ich jetzt vielleicht mal meine Legende zu Ende erzählen?

Zu ebendieser Zeit befand sich nämlich Deichgraf Otti wieder einmal auf einer seiner ausgedehnten Ferkelhatzen. Das Jagdfieber hatte ihn gepackt. Mit verbissener Leidenschaft verfolgte er einen außergewöhnlich prächtigen Eber und bemerkte nicht, wie langsam die Nacht über ihn hereinbrach, wie er jede Orientierung verlor und sich nun plötzlich in stockfinsterer Nacht dem schrecklichen Schicksal des Verhungerns und Verdurstens ausgeliefert sah. Dann kam auch noch ein fürchterlicher Sturm auf und ein gewaltiges Gewitter … Jaaha! Jetzt wird's spannend, was?! Na dann kann ich euch ja zwischendurch schnell noch erzählen, wie die Emdener zu ihrer Nationaltracht kamen.

Früher nämlich stand auf dem Emdener Marktplatz der Pranger, an den alle Kaufleute gestellt wurden, die zu kurze Hosen verkauften. Als sie davon aber nicht ablassen wollten, wurden die kurzen Hosen unter dem Namen ‚Hochwasserhosen' zur Nationaltracht erklärt und als Zahlungsmittel galt fortan der ungedeckte Scheck. Der Pranger aber wurde ein für alle Mal … Jaa! Verdammt noch mal, die Legende! Ich weiß.

Also: Der Deichgraf in seiner Not fiel auf die Knie, flehte zu Gott und legte folgendes Gelübde ab: »Lieber Gott errette mich aus dieser schrecklichen Not! Dafür gelobe ich, hier an dieser Stelle ein Gotteshaus zu errichten sowie dem Laster der Ferkelhatz ein für alle Mal zu entsagen!« Weil es aber so furchtbar donnerte bei dem Gewitter, verstand der liebe Gott nicht recht. »Hä?«, fragte er »Was willst du errichten? Ein Ottohaus?« »Ein Gotteshaus!«, schrie der Deichgraf gegen den Sturm zurück. Aber der Herrgott verstand immer nur Ottohaus. »Na ja«, dachte er bei sich, »warum nicht? Ist doch mal was anderes!« Und so befahl er der Nacht, dem Sturm und dem Gewitter sich zu verziehen und dem Deichgrafen, ein Ottohaus zu errichten.

Ja, liebe Kinder! Und deshalb steht in Emden die einzige Kirche, in der Plüschtiere verkauft werden. Was, das glaubt ihr nicht! Ihr seid ja noch schlimmer als die Emdener Kinder!

Draußen steht, zu uns gereist
Drogenberater Teddy Dreist!
Wolle mer ihn reinlasse? ...
Narhallamarsch!

Man hört sehr viel von Suchtproblemen und Menschen, welche Drogen nehmen. Ich leite die Beratungsstelle für prominente Drogenfälle.

Schon der erste Fall klingt simpel,
denn dieser blondgelockte Gimpel,
der ist der Schwarm all unsrer Omas –
Sie ahnen es schon: Gottschalks Thomas!
»Ich muss sofort«, beginnt er munter,
»von diesen Gummibärchen runter.
Das Zeug führt früher oder später
zu BSE und Ziegenpeter.«
Ich hab sein' Bruder rangeholt
und unsern Tommi umgepolt.
Seitdem verkauft er anstatt Gummis
die Aktie Gelb an deutsche Dummis!

Auch in der hohen Politik
gibt es so manchen Drogenfreak.
Neulich kommt einer, und kein blöder:
Der Bundeskanzler Gerhard Schröder!
Der fängt sofort zu jammern an,
dass er kein Bier mehr trinken kann.
Dann zeigt er seinen Bierbauch her.
»Hier, mein Brioni passt nicht mehr!«
Ich sag: »Das ham wir gleich,
mein Freund!«
Und dreh ihm seinen ersten Joint.
Nun hat er, anstatt Bier zu naschen,
stets Marihuana in den Taschen.
Der Kanzler selbst ist ständig high
und schwebt weit über der Partei!
Im Bundestag, was das betrifft,
ist selbst Frau Merkel zugekifft.
Und fordert: Kanzler, please, beweis it
und sprich dein Machtwort: Legalize it!

Da schneit ein Typ bei mir herein,
der kriegt sich selber nicht mehr ein.
Die Nase schmückt ein weißer Saum,
es ist der Fußballtrainer Daum.
Der irre Blick ist starr und stechend
und meine Therapie entsprechend:
»Du musst hinfort kein Koks mehr schnaufen
stattdessen wirst du Vollmilch saufen.«
Ich geb ihm gleich ein Glas zu trinken,
er saugt es brav durch seinen Zinken,
und kann sein Glück noch gar nicht fassen –
schon ist er als geheilt entlassen!

Der letzte Fall heut, Gottseidank,
kommt direkt von der Sonnenbank,
behauptet: »Ich hab massig Kohlen,
ich heiße nämlich Dieter Bohlen!«
Ich frage: »Wo ist das Problem?«
Er sagt: »Mir ist was unbequem!
Seit ich die Naddel nicht mehr hab,
wird mir mein Paddel nicht mehr schlapp.
Er geht mir ständig auf den Sender,
verstehen Sie: Mein Notenständer!
Der steht mir bis zur Deckenlampe,
da hilft auch keine Teppichschlampe.«
Ich sage: »Die Symptome kenn ich,
Sie sind schwer sexualabhängig.
Da hilft kein Jogging und kein Walking,
Ihr Problem heißt Modern Talking!«
Kaum hat er dieses Wort gehört,
schon schrumpft das, was den Dieter stört.
Nun macht er wieder
schrumm-schrumm-schrumm
Ganz eng mit Thomas Anders rum!

So viel zu denen, nun zu Ihnen:
Ich will euch als Berater dienen,
und deshalb frage ich jetzt mal:
Wie stehts denn mit der Sucht im Saal?
Was ist denn drin in all den Flaschen,
aus denen Sie da dauernd naschen?
Warum sind alle breit und zu?
Die Antwort lautet:

Buuuh
Buuuh?
Na, Buuuh ebe

Tatää tatää!

RICHTER § AHRENS
Im Namen des Volkes

Der § Fall:

DIE OHRFEIGE

RICHTER: Hören Sie mal, Herr Angeklagter! Sie sind doch ein bisher völlig unbescholtener Mann – wie kamen Sie da eigentlich dazu, eine Ihnen gänzlich unbekannte Frau tätlich anzugreifen?

ANGEKLAGTER: Ja, das kam so ... Ich bin doch Angestellter bei der Paketpost, und da kam diese Frau mit dem Paket an den Schalter und hatte keine Paketkarte dabei.

RICHTER: So? Aber das ist doch kein Grund, sie zu schlagen!

ANGEKLAGTER: Nein, nein ... Ich hab' ihr ja auch eine Paketkarte gegeben, und während die Frau die Karte ausgefüllt hat, habe ich sie mir genauer angesehen, und weil das eine so ungewöhnlich schöne Frau war, habe ich mich schlagartig in sie verliebt ... Und da bin ich ins Träumen geraten und hab' mir vorgestellt, dass die Frau sich auch in mich verliebt, und wie wir Hand in Hand durch den Wald laufen, und wie unsere Liebe immer größer und stärker wird, wie wir uns verloben, heiraten, und dann habe ich mir vorgestellt, wie glücklich wir in unserer Wohnung sind, wie unser erstes Kind geboren wird und wie wir alle ein Jahr später um den Frühstückstisch sitzen, auf den die Sonne goldene Kringel malt, und ich hab' mir ausgemalt, wie der Kaffee und die Brötchen vor mir stehen, und wie sich meine Frau dann mit der Morgenzeitung an den Tisch setzt, und wie ich sie bitte, mir auch einen Teil von der Zeitung zu geben, und da sagt die doch »Nöö!«.
Und da Herr Richter, da hab' ich mich so geärgert, dass ich der Frau gleich eine gescheuert habe.

Gestern Nacht hatte ich einen Alptraum! Mitten in der Nacht! Schlimm war das! Plötzlich stand ich mitten im Hofbräuhaus und ich trug einen Hut! Mitten auf dem Kopf!
Wo bin ich? Was mach ich hier? Wie komm ich hier wieder raus?
Tätä! Tätä! Täta! Aufi geht's, Herr Dirigent!
Oans, zwoa …
G'suffa! Täterätä!
Hätt ich doch bloß Bussi gegeben …
… denn sonst gibt's Busi!
Busi, Busi!
Ich mag gar nicht hinsehen …
Busi, Busi! Täterä!
Da schau hin!
Da schau her!
I geh gassi!
Gassi, gassi! Täterä!
Gerad wollt ich mich an den Alptraum gewöhnen, da …
Wo schaust denn hin!?
Wo ist die andere hin …
Humba, Humba! Täterä!
… da war auch schon alles vorbei, und ich stand wieder mitten im Hofbräuhaus. Mitten in der Realität. Da trat ein Herr auf mich zu.
Nun setzt den Hut auf und los geht's!
Träum ich oder …
Aufi geht's, Herr Dirigent! Täterä!

Ein Alptraum! Doch es sollte noch schlimmer kommen ...

Dann nahm mir die eine den Hut weg, und die andere wollte mir auch noch die Haare wegnehmen ...

AUFGEPASST! bayrische Grafik Leserichtung waagerecht!

DER ALPTRAUM

Und als ich mich umdrehte ...

Ich muss sagen, dieser Traum hat mich richtig nachdenklich gemacht!

heute: Heilige Einfalt

EXPEDITION INS LEHRREICH

Gastgeber Otto Waalkes im Gespäch mit Eugen Dobermann.

> Der Sakralhistoriker glaubt, sieben bisher verschollene Faltigkeiten entdeckt zu haben und gibt damit achtkantig an. <

OTTO *Herr Dobermann, Sie wollen uns jetzt erzählen, wie es zur heiligen Dreifaltigkeit kam. Wissen Sie da überhaupt etwas drüber?*

DOBERMANN Ja sicher. Ursprünglich waren es zehn.

OTTO *Was?*

DOBERMANN Faltigkeiten.

OTTO *Och, Herr Dobermann!*

DOBERMANN Doch. Kennen Sie nicht dieses berühmte Epos, das mit den herrlichen Worten beginnt »Zehn kleine Faltigkeiten fuhren an den Rhein. Die eine blieb in Düsseldorf, da waren's nur noch neun …«.

OTTO *Nein!*

DOBERMANN Doch. »Wärst du doch in Düsseldorf geblieben«, hieß es früher. Jetzt ist eine dort.

OTTO *Und Sie sind hier und wollen mir erzählen …*

DOBERMANN Ja. Neun kleine Faltigkeiten, die schlugen eine Schlacht, doch plötzlich schlug die Schlacht zurück, da waren's nur noch …

OTTO *Acht, du meine Güte.*

DOBERMANN Nein. Sieben. Weil in dieser Schlacht, sind zwei Faltigkeiten gefallen. Ein schreckliches Gemetzel.

OTTO *Schrecklich. Allerdings.*

DOBERMANN Ja, und sieben kleine Faltigkeiten entdeckten ein Gewächs, das leider Faltigkeiten fraß, da waren's nur noch sechs.

OTTO *Nein!*

DOBERMANN Doch. Sechs kleine Faltigkeiten, die trafen auf ein Tier …

OTTO *Ach, und das hat dann auch Faltigkeiten gefressen?!*

DOBERMANN Genau: Da waren's nur noch vier.

OTTO *Gleich zwei, jetzt machen Sie sich's aber sehr einfach, Herr Dobermann.*

DOBERMANN Ja, wenn Sie's kompliziert wollen: Sechs kleine Faltigkeiten trieben's kompliziert. Eines schönen Tages versuchten sie gemäß dem Pankokschen Gesetz, wonach die Relation zwischen Gravität und Masse …

OTTO *Und dann waren sie zu viert. Herr Dobermann wir haben's eilig.*

DOBERMANN Die Faltigkeiten auch. Vier kleine Faltigkeiten, die hatten's schrecklich eilig. Die eine fiel vom Hochaltar, da war'n die andern heilig!

OTTO *Eieiei, Herr Dobermann, Herr Dobermann. Schluss jetzt. Es tut uns außerordentlich Leid, dass wir den Versicherungen dieses Herrn, er sei ein Sakralhistoriker, Glauben geschenkt haben. Wir bedauern zutiefst, dass er hier zu Wort kommen konnte.*
Wir bitten Sie, diese unsere Entschuldigung nicht einfach für ein Lippenbekenntnis zu halten.

DOBERMANN Aber nein. Es ist nur so dahergeredet. Ist schon recht. Hahaha …

HÄNSEL & GRETEL

DAS 80er JAHRE CRACKER SNACKER SUPER QUIZ

Welcome back to the 80ies!

Ja, schon damals gab es das Märchen von Hänsel und Gretel in verschiedenen Variatonen: NEUE DEUTSCHE WELLE nannte sich die musikalische Bewegung. Hier sind nun zehn Fassungen der unfassbaren Geschichte! Aber von wem waren die Originale? Raten Sie mit! Hier kommt …

SONG NR. 1

Hänsel und Gretel gehen in den Wald
aha aha aha
Da ist es finster und auch so tierisch kalt
aha aha aha
Sie kommen an ein Häuschen aus Pfeffer-
kuchen fein
aha aha aha
Wo mag der Herr wohl von diesem Häuschen sein?
da da da

Wer hat das da-da-damals gesungen?

a) UNO b) DUO c) TRIO d) SUZIE QUATTRO

SONG NR. 2

Ich hann jetrummt,
dat Hänsel unne Jretel inne Wald jonn.
Und da wär auch noch so'ne Haus
– ich weiß net, woraus det wär.
Is'n paar Johr her,
doch die Erinnerung fällt net schwer:
dat kümmt mir för,
als ob dat Pfefferkuchen wär.

Dat schmeckt nach mehr!
Dat schmeckt nach mehr!
Dat schmeckt nach mehr!

Doch, doch, auch dieses Lied ist in deutscher Sprache, woll?

a) DFB b) DAB c) BAP d) BABS BECKER

SONG NR. 3

Im dunklen Märchenwald
wird Gretel panisch:
Hänsel ist nicht da,
das kommt ihr spanisch –
Der knabbert immerzu
am Knusperhäuschen.
Hänsel, bitte mach
doch mal ein Päuschen!
Doch – der frisst und frisst.

Dann kippt er um und
völlig voll gestopft
mit Pfefferkuchen
fliegt das Hänsel
völlig aufgebläht …

Diese Fassung ist Major Tom gewidmet – aber von wem?

a) Peter Penny b) Peter Schilling c) Peter Frankenfeld d) Frank Fahria

SONG NR. 4

Habt ihr etwas Zeit für mich?
Dann sing ich euch ein schönes Lied
von Hänsel und Gretel wohlgestalt
auf ihrem Weg zum Wienerwald.

Neunundneunzig Pfefferkuchen
wollte ich einmal versuchen.
Wenn sie schwer im Magen liegen,
steh ich auf und lass einen fliegen!

Ein Welthit! Und von wem wohl?

a) NANU b) NANUNANA

c) NANA MOUSKOURI d) NENA

SONG NR. 5

Carbonara!

Scusi, Senorita
Willst du Knusperknäuschen?
mangiare – capito?!

Pfefferkuchen ist ein geiles Zeug
ich bin schon lull und lall!

Schwierig? Na, wie hiess die Gruppe?

a) SPLEEN b) SPLIFF c) SPLASH

d) FEUCHTE AUSSPLACHE

SONG NR. 6

Take it on, Joe!
Two – three – four!
Eins, zwei, drei,
es ist nichts dabei,
wenn ich euch erzähl die Geschicht':
Hänsel und Gretel,
ja die gang'n in den Wald,
denn zu Haus da läuft es nicht.
Sie kommen an ein Hexenhaus
aus Pfefferkuchen weiß.
Die Hex schaut raus,
sagt: Rappin' to the heat,
ich verstehe: sie ist heiß!

Dra di net um, oh oh oh,
schau! schau!
Die Hexe, die geht um!
oh oh oh!
Wenn sie uns schaut
und du weißt warum
und das Gesicht macht mich stumm ...

Ein Österreicher? Ja, aber welcher?

a) HABICHTO b) BUSSARDO c) FALCO d) SPATZI

SONG NR. 7

Hänsel und Gretel aus der Vorstadt tragen
heute Nasenringe aus Phosphor!
Die Haare sind blau,
die Lippen grün
und Streichholzetiketten am Ohr!
Sie stehen zusammen
dicht bei den Flammen,
bis die Sonne untergeht.
Die Feuerwehr hat es doppelt schwer,
weil der Wind sich dreht!
Das ist neu!
Das ist neu!
Hurra! Hurra! Die Hexe brennt!!

Zur Abwechslung wieder eine Band – which one?

a) EXTRALANG b) EXTRABREIT

c) EXTRASCHARF d) FLEISCHEXTRAKT

SONG NR. 8

Draußen ist es bitterkalt.
Hänsel und Gretel gehen in den Wald:
Sie woll'n Spaß!
Sie woll'n Spaß, sie woll'n Spaß!
Sie woll'n Spaß, sie woll'n Spaß!

Na, wer wollte sonst noch Spass?

a) MARKUS b) MATTHÄUS

c) LUKAS d) JOHANNES BRAHMS

SONG NR. 9

Im Wald da steht ein Hexenhaus
und Gretel zieht sich nackend aus,
damit das Hänsel von der Stadt
hier seine eig'ne Peep-Show hat!

Und jeder ist schon informiert,
die Hexe, die hat inseriert,
denn sie ist ja nicht schusselig,
verdient sich dumm und dusselig.

Und draußen vor der großen Stadt
steht sich der Jugendschutz
die Füße platt!
Skandal im Hexenhaus!
Skandal im Hexenhaus!
Skandal um Hänsel und Gretel!

Und von welcher Gang stammt diese Skandalfassung?

a) SPIDER MURPHY GANG

b) SPIDER MURPHY AUSGANG

c) SPIDER MURPHY NOTAUSGANG

d) SPIDER MURPHY SONNENAUFGANG

ONG NR. 10

weitausend Jahre gibt es jetzt
las Märchen von Hänsel und Gretel.
Jnd immer noch fallen die Kinder
darauf herein.
Hahahahaa!
Hexe! Ich bin die Hexe!
Ich bin so sexe! Ich bin die Hex!
Attention! Attention!
Two unknown flying objects coming
to the Knusperhäuschen!
Identify as Hänsel und Gretel ...

Und sie düsen, düsen, düsen, düsen
im Sauseschritt
und bring'n den Kuchen mit
von ihrem Hexenhaus.
Und sie düsen, düsen, düsen, düsen
im Sauseschritt
und bringen den Kuchen mit
von ihrem ...

Letzte Frage: Wer war das?

a) DAF (Deutsch-Amerikanische Freundschaft
b) DÖF (Deutsch-Österreichische Freundschaft)
c) DOF (Deutsch-Ostfriesische Freundschaft)
d) TREUDOF (Treudeutsch-Ostfriesische Freundschaft)

Die Hexe mußte braten,
die Kinder geh'n nach Haus.
Nun ist das Märchen
von Hans und Gretel aus.

Und? Wieviel Richtige sind's denn?

0 RICHTIGE: Super! Ich gratuliere! Du warst in den 80erJahren entweder noch zu jung, um deutsche Schlager zu hören, oder du warst zu klug. Nur schade, dass das so selten zusammenfällt.

1–9 RICHTIGE: Nicht übel! Der oder die Jüngste bist du nicht mehr – aber mindestens ein Zehntel deines Oberstübchens hast du nicht mit dem Schlagergerümpel vollgestellt. Womit sonst? Fussball? Puppen? Astrophysik?

10 RICHTIGE: Du bist der würdige Sieger meines Fragespiels: So eine dumme Nuss wie du ist vermutlich mit ihrem nutzlosen Wissen schon vielen auf den Keks gegangen. Wozu du sonst geeignet bist, weisst du bestimmt auch: Zum baldigen Verzehr.

* ANNE BANCROFT * MEL BROOKS * OTTO WAALKES *
ALS FRAU ALS MEL ALS OTTO

DIE VERKAUFTE BRAUT

OTTO denkt *Teufel auch! Das ist doch der berühmte amerikanische Filmemacher Mel Brooks! Mein großes Vorbild, seit „Frankenstein jr." und „Silent Movie". Aber wer ist die tolle Frau neben ihm?*
MEL denkt *Oje, das ist doch dieser Typ aus Deutschland, der mich immer nachmacht ...*

OTTO sagt ***Hi, Mel! Wer ist denn die tolle Frau neben dir?***
FRAU denkt *Das bin ich!*
MEL sagt *Das ist doch meine Frau, Otto!*

OTTO sagt *Aber die ist doch viel zu toll für dich.*
FRAU denkt *Interessanter Gedanke!*
MEL sagt *Bring Sie nicht auf falsche Gedanken!*

OTTO sagt *Ich finde, dass Sie viel besser zu mir passen, tolle Frau!*
FRAU sagt *Zu Ihnen!?*
MEL sagt *Zu dir doch nicht!*

OTTO sagt *Für so eine tolle Frau würde ich die Sterne vom Himmel holen!*
FRAU denkt *Die Sterne!*
MEL sagt *Alle?*

OTTO sagt *Na ja, vielleicht nicht alle ...*
FRAU denkt *Wie viele denn?*
MEL sagt *Ja, wie viele denn?*

OTTO sagt *Na ja, ich dachte, so hunderttausend!*
FRAU sagt *Hunderttausend, Mel!*
MEL sagt *Dollar?*

OTTO sagt *Abgemacht!*
FRAU sagt *WOW!*
MEL sagt *Du hast doch nichts dagegen, Darling?*

OTTO denkt *Ich hab sie!*
FRAU denkt *Er hat mich!*
MEL denkt *Der hat sie doch nicht alle!*

DEUTSCHE GESCHICHTE

Die deutsche Geschichte ist leider sehr ereignisreich. Kein Mensch kann sich all diese Ereignisse einfach so merken. Die meisten Menschen wollen das auch gar nicht. Für die paar Unbelehrbaren, die an überflüssigem Wissen trotzdem interessiert sind, habe ich eines dieser Ereignisse in Versform gebracht. Nicht damit Sie sich das Ereignis besser merken können, sondern damit Sie merken, wie kompliziert solche Ereignisse waren. Besonders im Mittelalter, wo sich Folgendes am Hofe des Kaisers Friedrich, genannt Barbarossa, wie mir zugetragen wurde, begeben hat.

· BETRUG BEI BARBAROSSA ·

Kaiser Rotbart kam vom Duschen
und suchte seine Lieblingspuschen.
Die waren rot und ganz aus Samt,
der linke war leicht angeschrammt.
Sein Diener, den er danach fragte,
und dem die Frage nicht behagte,
sprach: »Mein Kaiser, nach den Puschen,
da werdet Ihr vergeblisch suschen.
Isch sah sie in des Paschas Tasche,
er schlisch aus Eurem Schlafgemasche
und hat sisch nosch in selb'ger Nascht,
in seine Heimat fortgemascht.«
Der Kaiser, der das bitter fand,
fand Hilfe bei dem Ritterstand.
Und nach nicht mal ganz vierzehn Tagen,
begann das große Pascha-Jagen.
»Kreuzzug« hieß das Lösungswort,
und schon waren alle fort!
Kaiser, Ritter, Pferde tosten
alle hemmungslos gen Osten.
Bloß der Diener blieb zu Hause,
duschte unter Kaisers Brause
und sprach: »So, gleisch nasch dem Duschen:
rin in Rotbarts Lieblingspuschen!
Denn das eine weiß er nischt:
isch hab' sie, isch Bösewischt!«
Und er schrieb an seinen Hut:
»Unrescht Gut gedeiht nit schlescht.«

Haben Sie Ihre Alte satt, meine Herren?

Dann ab mit ihr in die Altweibersammlung!
Denn rechtzeitig zum neuen Jahr sind sie endlich da:
die neuen Frauenmodelle!

Doch wie sieht sie aus, die Frau 2002?

Umblättern! Anschauen! Finger drauf, und mitgenommen!

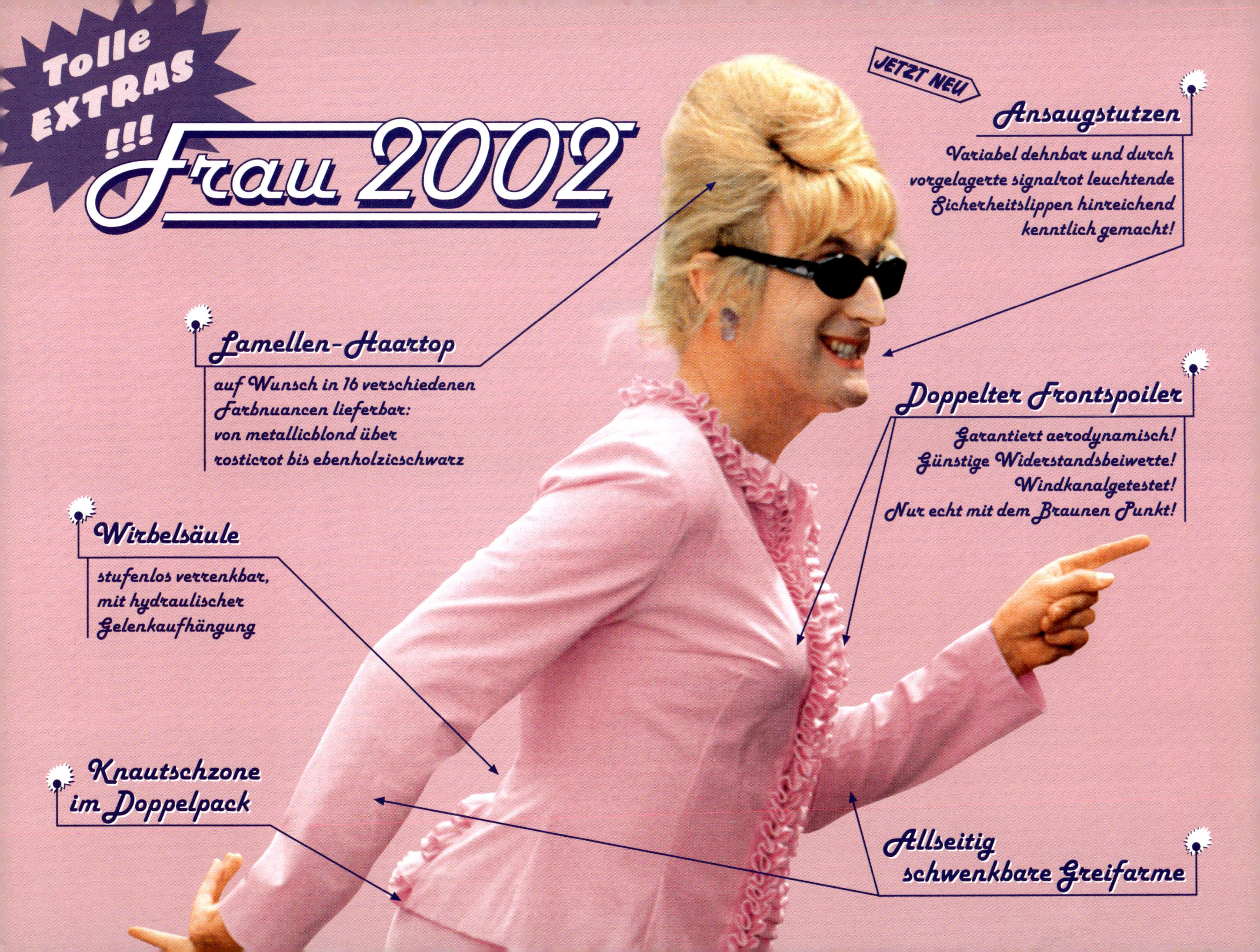
Tolle EXTRAS !!!
Frau 2002
JETZT NEU
Ansaugstutzen
Variabel dehnbar und durch vorgelagerte signalrot leuchtende Sicherheitslippen hinreichend kenntlich gemacht!
Lamellen-Haartop
auf Wunsch in 16 verschiedenen Farbnuancen lieferbar: von metallicblond über rosticrot bis ebenholzicschwarz
Doppelter Frontspoiler
Garantiert aerodynamisch! Günstige Widerstandsbeiwerte! Windkanalgetestet! Nur echt mit dem Braunen Punkt!
Wirbelsäule
stufenlos verrenkbar, mit hydraulischer Gelenkaufhängung
Knautschzone im Doppelpack
Allseitig schwenkbare Greifarme

Formschöner Fußsohlenschoner

auf Ihre Größe variabel einstellbar

Einmaliges Preis-Leistungsverhältnis!
Und supergünstige Finanzierungsmöglichkeiten!

Deshalb:
Heute noch zugreifen – schon morgen das schöne Gefühl haben, gestern rechtzeitig zugegriffen zu haben.
Tausendmal bewährt!
Aus Erfahrung gut!
Solange der Vorrat reicht!

Aber, höre ich Sie nun schon stöhnen, meine Herren, aber der PREIS!

SO URTEILT DIE FACHPRESSE

„Unter den vielen Extras, die vor allem die formschöne Sexklasse für Kenner bereithält, ragt besonders die Vergrößerung des Oberschenkelspreizwinkels heraus, der von 90 auf 125 Grad gesteigert werden konnte und somit endlich auch dem beleibteren Herren bequemere Einstiegsmöglichkeiten bietet. Die im Heckbereich serienmäßig integrierten Knautschzonen im Doppelpack wirken hier wohltuend als Stoßdämpfer und garantieren auch bei hohem Verkehrsaufkommen Genuss ohne Reue." BLÄHBOY

„Auch die Frau 2002 präsentiert sich rein äußerlich als robuste Mehrzweckmaschine, die dank ihrer stufenlos verrenkbaren Wirbelsäule mit hydraulischer Gelenkaufhängung und ihrem extrem kleinen Wendekreis auch in engen Kochnischen oder Nasszellen bedenkenlos und flächendeckend einsetzbar ist." BILD DER SAU

Rundum-Hautbeschichtung

„Entscheidend verbessert werden konnte auch die Betriebsgeschwindigkeit. Durch zwei lauffreudige profillose Fußsohlenslicks beschleunigt die sportliche GTI Version der Frau 2002 in sage und schreibe 12 Sekunden von 0 bis Kühlschrank. Die Betriebstemperatur übersteigt dabei selbst unter Extrembelastungen von bis zu zwei Kästen Bier selten 37 Grad. Damit ist ihr die Poleposition am eigenen Herd gar nicht mehr zu nehmen." FLITZ FOR FUN

Dynamischer Zweibeinantrieb

„Aber, aber, meine Herren, Sie müssen doch nicht nur auf den Preis sehen, sondern auch auf die Leistung! Ich sage nur: Preis-Leistungs-Verhältnis! Und da ist die Frau 2002 nicht zu schlagen. Nein, schlagen sollten Sie sie wirklich nicht, denn die günstigen Monatsraten müssten in Ihrer langfristigen Haushaltsplanung allemal drin sein: Nennen wir sie doch einfach Haushaltsgeld!" FOCUS MAMMI

Die leider unbestechliche STIFTUNG FRAUENTEST urteilt:
Sympathisch! Praktisch! Sehr gut!

Prädikat: Störungsunanfällig nicht nur im Hochfrequenzbereich beim Fensterputzen oder Gardinenaufhängen, sondern auch bei niederer Drehzahl, etwa beim täglichen Staubwischen oder beim Bodenscheuern.
DESHALB: 12 MONATE GARANTIE

STIFTUNG · FRAUENTEST · PRÄDIKAT Sympathisch Praktisch Sehr gut

OTTO *enthüllt:* MEIN LIEBLINGSSPORT

Ihr fragt nach meinem Lieblingssport? Nun gut: es ist der Mord. … Ich sag es laut: Ich morde gern; besonders, wenn es heiß ist, und wenn das Wasser in dem See so klar und kalt wie Eis ist.

Dann zieh' ich mir die Kleider aus und springe in die Wellen, um dort mit Karpfen, Barsch und Aal durchs kühle Nass zu schnellen.

Ja, Bürger, lache nur getrost und bleib' in deinem Bette! Ich morde derweil frisch und froh mit Fischen um die Wette.

Wie? Was? Ich hör' ein Widerwort? Der Sport heißt Schwimmen? Und nicht Mord? Wie war das noch mal? … Schwimmen? Moment – ihr seht mich sehr verwirrt. Mag sein – vielleicht hab' ich geirrt. Doch! Schwimmen könnte stimmen.

neulich:

Auf dem Standesamt in Greetsiel

Ich bin
der Standesbeamte,
der **Sie** trauen soll. Erlauben **Sie** mir daher, **einige Worte** über das **Bündnis der Ehe** an **Sie** zu richten. Die **Verbindung**, die **Sie** da einzugehen beabsichtigen, ist, wenn ich das einmal vergleichen darf, ein **Schiff**. Ein **Schiff** auf der **See**, wobei die **See** das Leben meint. Vielleicht waren **Sie** schon einmal an der **See**, dann werden **Sie** wissen, dass das **Meer** sehr **unterschiedlich** sein kann, dass es **Tage** gibt, an denen es **spiegelglatt** daliegt, und **Tage**, an denen **Sturm** aufkommt, dunkle **Wolken** den **Horizont** verfinstern. Und **dann**, erst **dann**, wenn die **Stürme** heulen, dann zeigt es sich, ob **Ihr Schifflein** stabil genug ist, um diese **Gefährdungen** zu überwinden. Denn **darauf**, dass **Ihnen** stürmische **Tage** bevorstehen, darauf können **Sie** sich verlassen.

Eben glauben Sie vielleicht noch, dass Sie einer alles in allem rosigen Zukunft entgegensehen. Doch ich als erfahrener Mann muss Ihnen leider sagen, dass die Regentage im Leben, auch im Eheleben, bei weitem überwiegen. Ja, dass die Sonnentage, diese so spärlichen, so seltenen Sonnentage, dass die in Wirklichkeit auch keine sind, sondern nur Tage, an denen es weniger stürmt.
Etwas weniger. Wird Ihr Schiff diesen Belastungen standhalten? Natürlich nicht! Und warum nicht? Weil diese dauernden Böen, Windhosen, Taifune, Orkane, Brecher und Hurrikane ganz einfach zu viel für Sie sein werden. Darum. Das halten Sie nicht durch. Das hält keiner durch! Aber nun lächeln Sie! Lächeln ungläubig. Weil Sie es nicht besser wissen! Aber Sie werden schon sehen, was passiert.
Gerade Sie, junger Mann! Gerade Ihnen wird das bis hier stehen, wenn Ihre Frau beim Essen dauernd so quietsch, quietsch, quietsch mit der Gabel über den Teller fährt. Da werden Sie in die Luft gehen! Aus dem Haus rennen! Und dabei sind das noch gar keine Stürme,
diese dauernden Nervenbelastungen. Das ist ja noch Alltag! Sonniger Alltag! Und auch wenn Ihr Mann immer träger und fetter wird, junge Frau, wenn Sie sein gemeines Schnarchen nicht mehr hören können – nein auch das ist noch kein Sturm! Der kommt erst noch!

Wenn die Kinder kommen! Wenn die Bälger den ganzen Tag durcheinander plärren uähhh, uähhh, uähhh! Und wenn Ihr Mann dann nach Hause kommt und auch zu schreien anfängt, weil ihm der dauernde Krach auf die Nerven geht. Uähhh! Uähhh! Uähhh! Und dann fangen Sie auch noch an zu schreien: uiiiiihhhh. Ja! Das ist der Alltag. Ja, das ist die Ehe. Sind Sie etwa noch immer gewillt, diesen Bund fürs Leben miteinander einzugehen?
Im Vertrauen mein Guter: Ihre Braut, wissen Sie ... die hat so was Feminines – stört Sie das gar nicht? Naja, man ist wohl heute liberaler – sind die Blumen für mich, meine Liebe? Danke. Dafür will ich Ihnen auch einen kleinen Tipp geben: Lassen Sie sich bloß nie ohne Schleier blicken. Schon gut – bringen wir's hinter uns: Liebes Brautpaar, Sie sind also hier vor mich hingetreten, um dafür zu sorgen, dass die Segelohren und der Silberblick bei uns nicht aussterben ...

Sie wollen gehen? Nun, ich kann Sie nicht halten. Dankeschön, auf Wiedersehen. Die Nächsten bitte!

Otto Waalkes proudly presents:
The first appearance in a german photo-comic: Mr. DUSTIN HOFFMAN and children in the story:

KINDER, KINDER!

Die wenigsten wissen, dass mein Verhältnis zu Dustin Hoffman etwas abgekühlt ist. Immerhin ist er ja ein großer Star, und da liegt das Motiv nah:
NEID! EIFERSUCHT! KONKURRENZKAMPF!

FRIESENZWEIFEL

Vier Freunde waren wir. Der dicke Okko, der lange Enno, der kleine Karl-Heinz und ich. Unzertrennlich von Jugend auf. Bis zu dem Tag, an dem der alte Deichgraf Hauke Rein uns auf dem Sterbebett sein Geheimnis anvertraute: „Holt euch die kristallklaren Schätze, die im Deich verbuddelt sind!“ „Welche Schätze?“, fragten wir. „Na ... Di-am-... !“, weiter kam er nicht. Für uns aber war alles klar. Wir wussten jetzt, wonach wir zu buddeln hatten: Diamanten! Doch wann kamen diese Spannungen zwischen uns auf? War es an dem Abend vor der Abreise, als der dicke Okko, von Vorfreude berauscht, verkündete: „Wenn wir die Diamanten erst gefunden haben, dann sacke ich den Löwenanteil ein!“ Oder war es beim Einpacken, als der lange Enno die Frage, wozu er eine Maschinenpistole mitschleppe, so kühl beantwortete: „Damit ich euch besser umlegen kann.“?

Oder war es der kleine Karl-Heinz, der das Misstrauen säte, als er uns unterwegs in seiner sanften Art mitteilte: „Ihr könnt buddeln so viel ihr wollt – ich habe mir längst die Schürfrechte am ganzen Deich gesichert, so dass für euch garantiert nichts mehr übrig bleibt.“

Oder war es am Ende meine Schuld? Hätte ich den anderen zum Frühstückskaffee lieber nicht so viel Arsen in die Blausäure schütten sollen? Ich weiß es nicht. Woher diese Zweifel? Woher der Sprung in unserer wunderbaren Freundschaft? Was hat sie zerstört? ... Ich habe übrigens, nachdem ich den gesamten Deich abgetragen hatte, nichts weiter gefunden als ein kleines Kistchen ‚Küstennebel‘. Aber vielleicht hilft die Nachricht ja weiter, die Hauke Rein bei seinen Schnapsreserven hinterlassen hatte: „Haut rein, Freunde! Die am schnellsten saufen, sind am ehesten voll!“ „Die am ...“? – Ach, so war das gemeint! Na dann prost! Schade, dass die anderen nicht mehr mitsaufen können.

RATGEBER: KIND

EIN EXEMPLARISCHER FALL

vorgeführt von:

Prof. Dr. Bruno Bottelheim

BOTTELHEIM *Oh! Was höre ich da? Kindergeschrei! Und ich glaube das kommt aus dem neuen Kinderzimmer von Karl und Adele! Karl und Adele sind junge Freunde von mir – also schauen wir doch mal rein bei ihnen …*

ADELE Karl! Karl! Ich habe gerade ein Kind bekommen!

KARL Ach, du mein lieber Gott! Ja, was machen wir denn da, Adele?

ADELE Ja, das weiß ich auch nicht, Karl. Es ist ja unser erstes Kind. Und ich habe es dir geschenkt, Karl.

KARL Vielen Dank, Adele, ich sehe es. Nein, so eine Überraschung! Aber was tut man in solchen Fällen?

BOTTELHEIM *Tja, was tut man in solchen Fällen? Vor dieser Frage stehen viele junge Ehepaare. Auch Adele und Karl standen vor ihr. Aber sie hatten Glück: Denn zufällig stand auch ein guter Freund vor der Tür: Ich! Der bekannte Kinderpsychologe Professor Bruno Bottelheim persönlich …*

KARL Hallo, Bruno!

ADELE Ein Glück, daß du gerade vorbeischaust!

KARL Adele hat nämlich ein Kind bekommen.

BOTTELHEIM So, Adele hat ein Kind bekommen? Nun, meine Lieben, da gibt es allerdings einiges zu beachten …

KARL Zu beachten? Was denn, Bruno?

BOTTELHEIM Nun, Adele, was tust du denn da gerade?

ADELE Ich? Ich pudere das Kind.

BOTTELHEIM Und womit puderst du das Kind?

ADELE Na, mit dem Klammerbeutel – womit denn sonst?

BOTTELHEIM Falsch, Adele! Genau mit dem Klammerbeutel dürfen Kinder eben nicht gepudert werden!

KARL Ach was!

BOTTELHEIM *Ja, junge Eltern machen allzu oft Fehler, an denen ihre Kinder später schwer zu tragen haben. Nicht selten etwa, muss sich dann der erwachsene Mensch den Vorwurf gefallen lassen, er sei als Kind wohl zu heiß gebadet worden. Doch nicht bloß die physische Entwicklung, sondern auch die psychische stellt junge Eltern vor unerwartete Probleme:*

BOTTELHEIM Euer Kind ist sehr klein, Karl!

KARL Tja, ist mir auch schon aufgefallen. Ist das gefährlich?

BOTTELHEIM Nun, das bleibt abzuwarten. Auf alle Fälle darf es keinen Ödipuskomplex bekommen!

ADELE Einen Ödipuskomplex? Um Gottes willen, was macht man dagegen?

BOTTELHEIM Nun, wenn du deinen Sohn ganz ganz lieb hast, Adele, und ihn immer schön zu dir ins Bett nimmst, dann kann eigentlich nichts passieren. Jedenfalls kein Ödipuskomplex.

KARL Aber was ist denn so ein Ödipuskomplex eigentlich?

BOTTELHEIM *Wie jedermann weiß, haben kleine Menschen oft Komplexe, weil sie so klein sind. Und der griechische König Ödipus, der war so klein, dass ein ganzer Komplex nach ihm benannt wurde.*

ADELE Aber Bruno! Unser Sohn heißt doch gar nicht Ödipus!

BOTTELHEIM Sondern?

KARL Otto! Und er soll gar kein griechischer König werden!

BOTTELHEIM Was soll er denn dann werden?

KARL Er soll es einmal besser haben als wir: Er soll der berühmteste Komiker Deutschlands werden!

ADELE Und der witzigste Ostfriese seiner Zeit!

KARL Aller Zeiten, Adele! Auf der ganzen Welt!

BOTTELHEIM *Na, dann bin ich ja beruhigt! Aus psychologischer Sicht spricht nichts gegen einen gesunden Größenwahn. Vielmehr gilt die alte REGEL:*

WAS FÜR VENEDIG WAR DER DOGE, IST FÜR DAS KIND DER PSYCHOLOGE!

HIER IST DER BEWEIS:

Quatsch, hier sind **gleich DREI** Beweise. **Alle von mir!** Und hier kommt schon mein **erster Abituraufsatz** zum Thema: **‚Wie das Vergissmeinnicht zu seinem Namen kam'**

„Wie das Vergissmeinnich zu seinem Namen kam." ht

von Otto Waalkes, 13a

Als Petrus einmal wieder über die Erde wandelte, da begann es zu regnen. Da wollte sich Petrus unter einer Eiche unterstellen, doch die Eiche duldete es nicht. Da versuchte es Petrus bei einer Palme, doch die Palme schickte ihn ebenfalls fort. Da fragte Petrus den Haselstrauch, doch auch der mochte es nicht gestatten. Da schaute Petrus suchend um sich, als er auf einmal ein kleines blaues Blümlein sah, das also zu ihm sprach: „Stell dich doch bei mir unter!" „Aber das geht doch nicht!", sagte Petrus. „Wieso denn nicht?", ereiferte sich das Blümlein, „du mußt dich nur ganz klein machen!" „Aber so klein kann ich mich gar nicht machen!" brummte der Petrus. „Klar kannst du das!" – „Nein!" – „Doch!" – „Nein!" – „Doch!" Nun – und während sie noch so stritten, hörte es auf zu regnen und Petrus ging weiter und traf ein ... Wo er eintraf? Na, hoffentlich da, wo er hingehört. Und warum heißt das Blümchen nun Vergiss-mein-nich? Na, weil der Petrus sich nicht untergestellt hat! Vorher hieß es nämlich Vergiss-mein. Amen.

Da Da Da!

Traf ein ... was? Oder wo?

ht

Eine Blume, die Vergissmein heißt? Vergiss es!

Glatte 6
Gez. Oberlehrer Blümlein

Ich bekam meine **zweite Chance**, der **nächste Abituraufsatz** stand an, leider wieder zum Thema: **‚Wie das Vergissmeinnicht zu seinem Namen kam'**

OTTO HAT DOCH ABITUR!

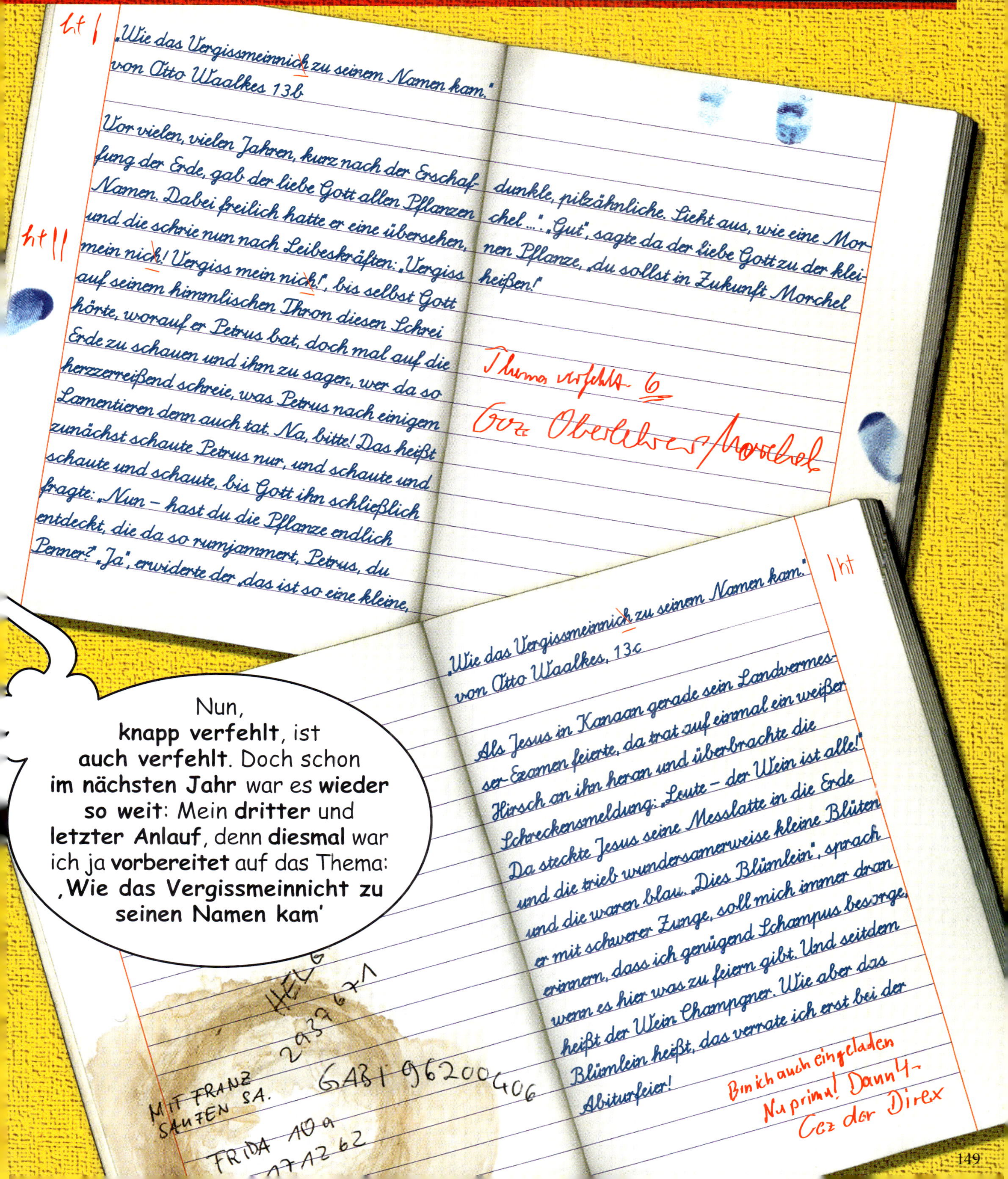

Gastgeber Otto Waalkes im Gespäch mit Ralf Rosemann.

› Der Mumelexperte fordert erhöhte Subventionen für den zu Recht darniederliegenden Mumelanbau in Friesland. ‹

OTTO *Herr Rosemann, Sie sind der Verbandssprecher der deutschen Mumelanbauer. In den letzten Wochen nun ist Ihr Verband ins Gerede gekommen. Sie forderten erhöhte Subventionen, die Regierung sperrt sich. Wir wollen hier einmal versuchen, die Standpunkte zu beleuchten. Aber beginnen wir zunächst mit dem Einfachsten: Was sind eigentlich Mumeln?*

ROSEMANN Die Mumel ist eine uralte deutsche Hack- und Stangenfrucht. Bereits im Jahre 807 schreibt Kanzler Eginhart an Karl den Großen – ich zitiere: »Des Weiteren wäre ein Großaufstand und Gemurre im Kloster St. Gallen zu melden, wo etliche Mönche dem Abt gedroht haben, wieder heidnisch zu werden, so noch länger Mumeln als Mahlzeit aufgetischt werden sollten« –, ein Brief, der wie gesagt 807 geschrieben wurde, ganze 800 Jahre bevor die fremdländische Kartoffel in Deutschland Gastrecht erhielt.

OTTO *Aber Mumeln werden ja auch heute noch angebaut, wo eigentlich?*

ROSEMANN Hauptsächlich auf der Halbinsel Krummhörn. Außerdem rund um Norddeich, wo die Frucht allerdings Dombire genannt wird.

OTTO *Und wozu dient die Mumel?*

ROSEMANN Tja – sie ist halt ein Nahrungsmittel.

OTTO *Das wird allerdings von denjenigen, die für eine Abschaffung der Mumelsubventionen plädieren, bestritten. Sie behaupten, die Mumel sei ungenießbar, und ähnlich äußerten sich ja bereits die von Ihnen zitierten Mönche.*

ROSEMANN Gott ... ich behaupte ja nicht, dass die Mumel besonders gut schmeckt. Aber man kann sie essen. Mit etwas gutem Willen sogar mehr als eine.

OTTO *Ferner wird gesagt, dass die Mumel weder Nährwerte noch Vitamine enthalte.*

ROSEMANN So? Das kann schon sein. Aber Nahrungsmittel, die Leute dicker machen, gibt es schon genug.
An Mumeln dagegen wird sich sicher keiner überfressen.

OTTO *Den schlechten Geschmack stellen also auch Sie nicht in Abrede?*

ROSEMANN Na ja, dass sie gallebitter ist, kann man schlecht widerlegen, aber das verliert sich, wenn man die Mumel dünstet.

OTTO *Dann allerdings sollen die Mumeln steinhart werden.*

ROSEMANN Steinhart – das ist auch wieder so ein Wort. Hart – gut. Aber zwischen einem richtigen Stein und einer gedünsteten Mumel gibt es denn doch einen Unterschied. Keinen großen, zugegeben, aber steinhart? Nein.

Otto *Herr Rosemann, Sie bestätigen all das, was die Gegner des Mumelanbaus auch sagen: Man kann sie nicht essen, sie hat keinen Nutzen! Eine harte Frage: Warum eigentlich Mumelanbau?*

Rosemann Warum eigentlich nicht? Schauen Sie, wir Mumelbauern trotzen dem steinigen Boden schon seit Jahrhunderten nach uralten, geheimen, von Bauer zu Bauer vererbten Regeln, die längliche Mumel ab. Und das soll auf einmal aufhören? Wieso eigentlich?

Otto *Na ja, wenn Sie …*

Rosemann … und, entschuldigen Sie die Unterbrechung, und lassen Sie mich an dieser Stelle versichern: Wir verlangen von niemandem, dass er unsere Mumeln isst. Wir fordern lediglich eine Unterstützung für unsere sicher nicht einfache Arbeit. Ich meine: Weiter können wir dem Konsumenten nun wirklich entgegen kommen.

Otto *Ja, da haben Sie sicher Recht, Herr Rosemann. Schönen Dank.*

Lustig, lustig, trallalalala, schon ist Guru Gustav wieder da!

Bevor wir uns heute das Unvorstellbare vorstellen wollen, darf ich mich selbst kurz vorstellen:

Guru Gustav, der Meditationshammer aus Nepal bei Aurich. Moin, alle miteinander. Auf geht's, Freunde: Wir beginnen mit dem Weg nach innen! Also, entspannen! Entspannen hab ich gesagt, nicht hinfläzen! Brust raus, Bauch rein! Na bitte, so gefallen Sie mir schon besser.

Zack, zack! Schluß jetzt mit dem Denken! Alle Mann versenken!

Sehr schön. Und nun stellen wir uns das Unvorstellbare vor. Und zwar stellen wir uns einen Igel vor. Ham Sie? Gut. Dann stellen wir uns noch einen Igel vor und noch einen und noch einen – was?
Sie haben erst drei? Na, nun mal bisschen Tempo, Herrschaften! Weiter vorstellen.

Die Igel werden jetzt immer größer, immer größer, sie füllen das ganze Zimmer aus, aua! Das war zu viel. Etwas kleiner vorstellen, die Igel. Ja, so geht's. Und nun tragen die lieben Tiere glitzerndes Zaumzeug, prächtige Schabracken und goldene Schellen, na, das werden Sie sich ja wohl noch vorstellen können, und weiter geht's, immer schön versenkt bleiben.

Die Igel ziehen nun eine wunderbare, silberbeschlagene Kutsche und in dieser Kutsche nehmen wir alle miteinander Platz, denn mit ihr reisen wir dorthin, wo wir schon die ganze Zeit hin wollten, nämlich nach innen. Und nun kommt das Unvorstellbare, versprochen ist versprochen, die Igel sind nämlich so unvorstellbar langsam, das kann man sich überhaupt nicht vorstellen. Und wenn das so weitergeht, kommen wir heute überhaupt nicht mehr innen an.

Deshalb schlage ich vor, wir lassen das Ganze und rufen uns statt dessen ein Taxi und sagen laut und deutlich:

Einmal nach innen bitte! Aber Tempo!

Einkehr, Entspannung und Ekstase mit:

GURU GUSTAV

DIE GROSSE WILDGANS-TELEFONAKTION

Als Pfadfinder hatte ich ein Lieblingslied. Da konnte ich jedes Wort auswendig. Rauf und runter. Jetzt weiß ich nur noch die ersten beiden Zeilen: Wildgänse rauschen durch die Nacht mit schrillem Schrei nach Norden – Aber wie geht's weiter? Wer weiß es?

Die Hotline ist geöffnet! Es winkt ein toller Preis! … Rufen Sie jetzt an!

Hallo Herr Zeisig in Leipzig?

Wildgänse rauschen durch die Nacht / Mit schrillem Schrei nach Norden / Ich habe sie stark in Verdacht / Sie woll'n den Zeisig morden

Aber wieso denn, Herr Zeisig? Sollten Sie nicht vielleicht mal einen guten Psychiater aufsuchen, was? … Wissen Sie es besser, Frau Kulicke aus Berlin-Moabit?

Wildgänse rauschen durch die Nacht / Mit schrillem Schrei nach Norden / Mensch, Gänse, macht doch nicht so'n Krach / Seid wohl verrückt geworden

Naja, Sie scheinen mir aber besonders lärmempfindlich zu sein! … Hallo Herr und Frau Neubau aus Neheim-Hüsteln! Wissen Sie es besser? Erst mal die Frau bitte!

Wildgänse rauschen durch die Nacht / Mit schrillem Schrei nach Norden / Bei Tag herrscht nämlich Rauschverbot / Das ist beschlossen worden / von mir, und zwar zu Recht / Mir wird vom Rauschen immer schlecht

Ja, mir ist auch schon ziemlich übel. Und zwar von ihren Gedichten. Jetzt Sie, Herr Neubau! Reißen Sie sich zusammen!

Wildgänse rauschen durch die Nacht / schrillem Schrei nach Norden / den schrillsten Schrei gemacht / Erhält den Rauscheorden / zwar zu Recht / Ich mag so schrille Schreie, echt

Bravo, Herr Neubau! Die Einstellung stimmt. Nur das Gedicht leider nicht. … Es reicht! … Alle Anrufer haben ungefähr gleich weit daneben gelegen. Deswegen gibt's auch keinen Preis. Die handsignierte Wildgans bleibt in meinem Panzerschrank, damit das klar ist! … Außerdem ist mir gerade wieder eingefallen wie das Lied wirklich geht:

Wildgänse rauchen durch die Nacht / Mit schrillem Schrei nach Norden / Wie man beim Rauchen schreien kann / Ist mir nie klar geworden / Ich rauche nämlich Tag und Nacht / Und schreie nur beim Trinken / Und wenn der Kellner nicht pariert / Muss ich dem Penner winken!!!

Hallo! Tolles Lied!

Hört mir auf mit deutschen Volksliedern. Da geht's doch immer nur um das Eine: Beim Wandern kriegt der Müller Lust ... Heidschi bumst Beidschi - Alle vögeln alle! PFUI!

Dichterschicksal

Mein großes Otto-Buch neigt sich dem Ende zu. Ihr habt mich als Charakterdarsteller, Virtuosen der klassischen Gitarre und Kammersänger kennen gelernt. Und nun fragt ihr euch sicher, wie kann dieser viel beschäftigte Mann zwischendurch auch noch ein solches Buch schreiben?

Fragt doch nicht euch, fragt lieber mich! Meine wahre Berufung ist nämlich das Dichten. Ich bin ein Dichter der Sonderklasse. Während andere Dichter die Einsamkeit suchen, heißt es bei mir:

Je dichter die Menschentrauben um mich herum,
desto inspirierter meine Verse!

Euch Menschen rafft der Zahn der Zeit

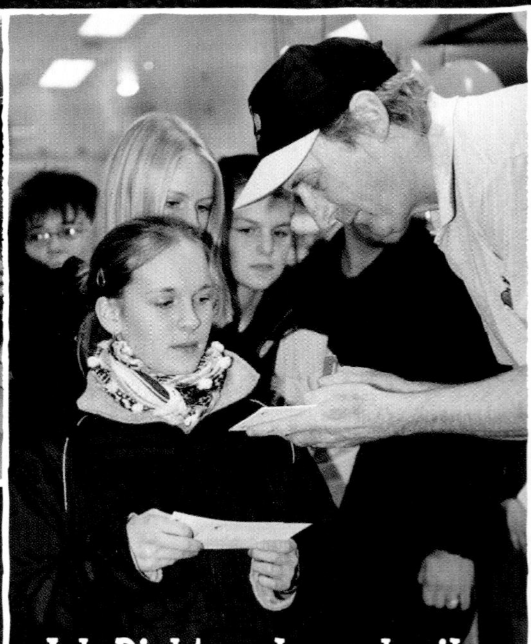

Ich Dichter aber schreibe

Für euch heißt's bald: Es ist so weit!

Ich Dichter aber bleibe

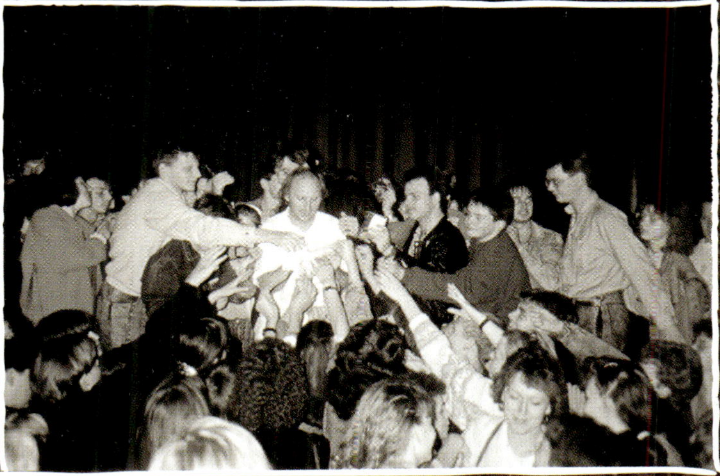

Mich preist man noch in tausend Jahr'n

Ihr werdet heut noch überfahr'n.

Ich bin so glücklich, dass das alles vorbei ist! Mir fehlen die Worte… dabei hatte ich sie doch auswendig gelernt… Ach ja: Ich fand das Buch des Friesen süß – und sage deshalb nichts als: Tschüss!
Ich sag mal gar nix – und denk mir mein Teil …

Großes Inhaltsverzeichnis

Der Ullstein Verlag ist ein Unternehmen der Econ Ullstein List Verlag GmbH & Co. KG, München

Fotos: Thomas Trittschanke, dpa und Rüssl Musikverlag Hamburg

Reproduktion: Helio Repro, München
Druck & Bindung: Offizin Andersen Nexö Leipzig
Printed in Germany
ISBN 3-550-08390-4